Just Say You'll Love Me

Just Say You'll Love Me

Just Say You'll Love Me

Just Say You'll Love Me

聽你
說愛我

Just Say
You'll Love
Me

Sophia
尾巴
笭菁
晨羽 ——————— 著

目錄

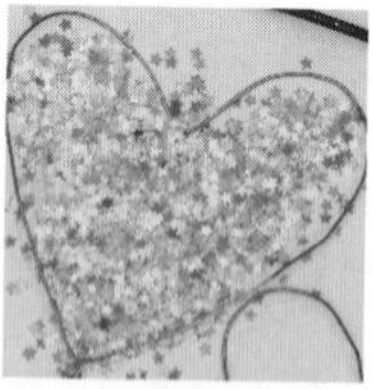

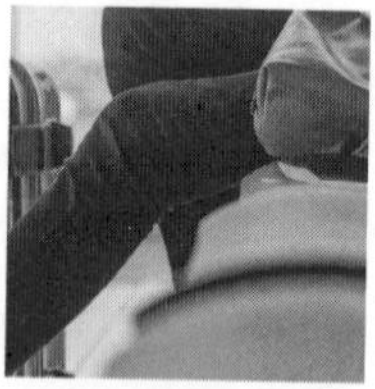

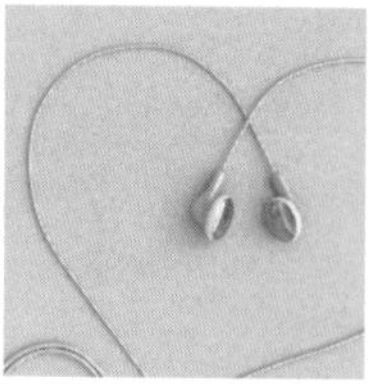

LOVE
LOVE

遲到的巧克力

／ Sophia

大多時候人總是需要一個恰好的藉口。

例如在去大學社團聚會的路上，絲襪卻在捷運車廂內被傘勾破。

久違重逢的聚會，這種存在，總是矛盾地揉合著渴望與抗拒。

一邊想著真不想去啊，卻不自覺準備起來，在腦中反覆琢磨該穿什麼、有誰會出席，還推演著該以哪種姿態踏進場內。

更不斷想著，那個人是不是也會來。

「像個笨蛋一樣。」

站在餐酒館門口，透過窗能看見幾張熟悉的臉孔，我深吸一口氣，伸手壓下冰冷的門把，一陣有別於外界的空氣瞬間將我包覆。

像踩在現實與記憶的邊界。

「陳梓寧，遲到半小時又不接電話，還以為妳不來了。」依潔拍了拍替我保留的位置，「一分鐘前我才把給妳的餅乾吃掉，真不湊巧。」

瞄了眼桌上的包裝殘骸，很好，是我喜歡的牌子。

算了，當作遲到的業報吧。

悄悄環顧一圈，餐廳內沒有那道熟悉的身影。

「來的路上絲襪被勾破了。」

我有一搭沒一搭跟幾個人說著話，啜飲著散發香甜氣味的蜜桃氣泡水，想像細小的泡泡進入我的體內，彷彿將我對再見到那個人的隱隱期盼具現化，泡泡一點一點地破滅。

氣泡破開瞬間有點惆悵，卻又有近似鬆一口氣的解脫感。

「欸，我們的社團女神已經喝了第三杯酒了。」

「妳沒事注意人家喝幾杯酒做什麼？」

「她一到餐廳就被那些男的捧著，卻在喜歡過的人身上二度碰壁。」依潔很沒同理心地偷笑，「妳沒看到那一幕太可惜了，不過林澤凱的帥度又進化好幾階，跟那群劣化的傢伙站在一起簡直是打臉。」

話題猛然打了個旋，落在另一個人身上。

卻是一個不在場的人。

林澤凱。

這三個字從她唇畔滑出的瞬間，我壓抑內心的不可置信，視線卻不由自主地落在她的手機螢幕上。

「剛剛拉著林澤凱拍的，如果妳早一分鐘到，不只能吃到餅乾，還能見到他。」

「他不是在英國嗎？」

「好像剛回來不久，餅乾就是他送的。」依潔從上衣口袋抽出一張名片，「聽說他現在單身，剛踏上久違的家鄉，這時候，一個熟悉又溫暖的老同學，正好可以——」

「可以什麼？」

「妳是編劇應該可以想出一百種『可以的事』吧。」

「下班之後我的腦細胞就罷工了。」

「難怪妳身上一點戀愛的氣味都沒有。」

我勉強地扯了扯嘴角。

不，她不知道，這一秒鐘盤旋在我腦袋的是一百種「不可以的事」。

例如掐著她脖子逼她把餅乾吐出來，例如把她手機裡的照片搶過來再毀了手機，又例如、奪走她手裡晃來晃去的名片。

但我是個冷靜的人。

只能灌著蜜桃氣泡水，忍受碳酸快速竄進體內的難受感，微妙地融合我略帶苦澀的心情。

「至少不像妳拚命拿著扇子想讓戀愛的味道擴散，結果吸引來一堆莫名其妙的傢伙。」

「愛情這種事，本質上就是不可預期，我就願意用一百次的錯誤來找真愛，現實不像妳寫的愛情偶像劇，出門丟個垃圾就有霸總撞上來。」

「妳說得沒錯。」我敷衍地點頭，「所以我特地挑了會代收垃圾的大樓住。」

她不想接話，乾脆側過身加入隔壁同學的話題，我的思緒卻還凝滯在我跟林澤凱錯過的那一分鐘。

一分鐘啊。

方才路口的紅綠燈都不止一分鐘。

但認真想想，我跟林澤凱之間的錯過不止一次。

大三那年，我偶然聽見他非常想選某堂邏輯課，於是我凌晨就預備著搶課，只為了課表上有個跟他的共通代號。

甚至我還練習了偶遇的台詞。

例如上課前就碰上。

「沒想到能搶到這門課……啊、你要坐這裡嗎？我幫依潔佔了位子，但她八成睡過頭了。」

假使運氣不好，還能在下課時追上他的腳步，演繹另一種版本。

「你也修這堂課？對了，可以跟你借筆記嗎？有幾段講太快我沒抄到。」

就算上述兩個版本都失敗，還有最終方案。

「聽說你也有修那堂邏輯課，下星期能請你幫我佔位置嗎？我那天有事怕會遲到，改天請你喝飲料！」

或許，我會踏入編劇這個血汗行業，跟林澤凱脫不了關係。

卻沒料到開課那日，無論我來回搜尋幾次，教室內都沒有一張與他相似的臉，他跳出了我預想的每一個故事版本，因為男主角根本沒收到劇本。

後來我才知道，他沒選上邏輯課。

諸如此類的錯過總在我和他之間發生，連捷運都能差了一班，剛擠上車的我眼睜睜看著他等在月台第一排。

如果他早個一分鐘，或者我晚個一分鐘，可能下個場景就是女孩跟男孩在擁擠車廂內迫不得已地貼靠著彼此。

我後來想，人總是有許許多多的錯過，那跟彼此相距的近或遠沒有關係，也跟努力與否沒有關係，有些時候，就是缺了一點恰好。

我跟林澤凱之間，大概少了一分鐘的恰好。

「都過了那麼久，見與不見其實都一樣了。」

「妳說什麼？」

「沒事，妳薯條不吃我幫妳吃。」

「不給。」她伸手壓住食物籃，「唉，我實在對在場的男人提不起興趣，果然還是該想怎麼拿下林澤凱。」

我氣悶地用叉子戳著空盤裡的裝飾，我怎麼忘了，她這個人最擅長無知無覺地把人逼瘋。

接下來的兩個小時，她三句不離林澤凱。

我一直處於「不能攻擊這傢伙」跟「把她拖到暗巷痛毆一頓」的掙扎中，好不容易撐到打烊，依潔卻死死勾住我的手臂，絲毫不察她正緊貼一個潛在犯罪分子。

「妳從以前到現在就是特別擅長忍耐，但仔細觀察就能看透妳在想什麼。」

「什麼意思？」

「我知道妳喜歡他。」

「不要自己找不到下手對象就隨手推旁邊的人到坑裡。」

「有些時候，不管是坑、是陷阱，還是懸崖，都有人願意跳。例如——」

她把尾音拉得極長，塗著鮮紅色指甲油的手指夾著張名片，林澤凱三個鉛字在我眼前晃動。

瞬間，我僵硬地不敢移動，卻因而更清晰感受到她把一張薄薄的紙放進我的口袋。

「照片也傳給妳了。」她揚起很討人厭的笑容，「賭一百塊妳拿了名片也不敢聯絡他。」

□

誰不敢聯絡了？

對，就是我，我不敢。

輕薄的名片在我掌心卻顯得難以負荷，在房間內打轉了一小時仍下不了決心，最終只好把它供奉在書桌上。

只能遠觀，不能褻玩。

「每天參拜能實現我的願望嗎？」

顯然不能。

還會坐實了依潔那句「賭一百塊妳拿了名片也不敢聯絡他」。

「唉。」

我頹喪地趴在床上。

在最喜歡他的時候，每一天我都仔細地將勇氣一點點、一點點聚攏，緩慢拉近跟他的距離，漸漸我能跟他自然交談、一起製作活動道具，甚至在餐廳偶遇時他會笑著揮手讓我跟他同桌。

然而，最關鍵的那一步，我的雙腳卻始終僵在曖昧的界線前方。

輕輕告訴自己，當個能揮手微笑的朋友就好。

「對很多人來說，朋友這個身分也得來不易啊。」

微微陷落的床像我緩慢下墜的心情，自己真是一點長進也沒有。

每次我都預想了好幾種劇本，前提卻建立在對方會回應自己，暴衝的選項一開始就被刪除了。

例如——

我大步走到他面前，抬手重重往桌子一拍，果斷向他宣告：「少年，我要把你變成我的。」

這種情節我也只敢對我的兔子演繹。

不，經過三年我必須要有突破！

猛然站起身，趁著聚會的餘韻一鼓作氣地抓起名片，全然不顧明天要早起開會，斷然往外走去。

「至少我一定要撥通這個號碼！」

我霸氣地走在深夜的街上，昏暗的街燈讓夜顯得更深沉，彷彿正一點一點吞噬我的衝動與勇氣。

不行！

所謂衝動這種情緒，一旦放緩腳步就會回到原地了。

「但其實我也沒有多少衝動的儲備量。」

手機就在口袋，要撥通電話就是幾秒鐘的事，我卻寧可在半夜一點的路上搜尋幾乎能稱上珍稀道具的公共電話。

我也不明白，我追求的是找到公共電話的命中注定感，或者刻意設定艱難條件來安慰自己的不夠勇敢。

但上天似乎沒想要我釐清的意思，我頓住腳步，傻眼地瞪著前方。

居然、有一座、公共電話——

「命中注定也分兩種，一種是直奔 happy end，一種是被秒。」

□

我揉著誰也無法忽略的黑眼圈，配合心情套上陰沉的黑色針織衫，視線不經意滑過架上的紙袋，我用力闔起衣櫃，抗拒回憶昨夜的一切。

電話最終被接通了。

「喂——」

他富有磁性的嗓音從話筒另一端傳來，彷彿一道夾帶毀滅性的聲波，瞬間殺死我的每一個腦細胞。

排演好幾次的台詞全部成為灰燼。

幸好，在血汗編劇業拚死掙扎的日子終究帶給我一些求生本能，我幾乎是直覺反應地擠出詐騙集團的經典開場白。

「您好，我是某某網購平台的客服專員……」

「我沒用過這個網購平台。」

「呃、好，那謝謝你。」

於是我被聚會勾起的衝動、壓抑三年的勇氣、在深夜街頭尋找公共電話的熱血，像燃燒到一半卻突然滅掉的仙女棒，無奈又空虛。

往好處想，睽違三年我終於再度聽見他一貫好聽的嗓音。

而且他不知道是我。

這大概是不幸中的萬幸了。

拖著只睡三小時的沉重身軀擠上捷運，旁邊男乘客的圍巾不斷打著我的臉，簡直像昨夜的一切還打不夠我的臉一樣，但我無法轉身，只能忍耐這段反覆被打臉的路途。

我垂下眼，想著，被打臉也是應該的。

因為我確確實實揣著一個能夠去見他的理由，卻始終認為那像一顆被鎖在盒子裡的流星，一旦拋出，縱使抓緊時間許願也不能得到任何保證。

盒子不打開，至少我還擁有一顆能許願的流星。

男乘客終於離開車廂，留在我視野最後的畫面是灰色圍巾的尾端，像流星的尾巴，一下子就消失無蹤。

「灰色圍巾啊……」

擺在我衣櫃裡的紙袋，裝的，恰好也是一條灰色圍巾。

屬於他的。

這件事其實是很周折的，某次活動他把圍巾忘在會場，學姊A拉了個學弟B帶回男宿轉交，學弟B答應後又忘了，圍巾被當成失物，恰好我被社長逮住，成為去領回圍巾的人。

抱著曾有過他溫度的圍巾，一份微小的快樂在我體內蔓延開來，讓人不禁想擁有久一點。

久到，再沒有人問起這條圍巾。

我想他也不記得了，但我記得，每個細節都記得鉅細靡遺，或許，喜歡一個人大概就會記得一些連對方都沒放在心上的事。

因為一份喜歡，能把所有關乎對方、微不足道的事，都烙印成深刻並且重要的記憶。

「記得再牢有什麼用？他說不定早就忘了我。」

打了個哈欠，拖著腳步往公司移動，老闆的良好作息跟我們這群天天熬夜的血汗勞工完全不同，有他參與的會議，就像女人每個月的那幾天。

痛苦，不想面對，但它就是會來。

「梓寧！」

正在我試圖揮散對早晨會議的惡念之際，恍惚間我彷彿聽見一道很像他的聲音，跟昨夜從話筒傳來的嗓音有微妙落差，也跟記憶中他略帶青澀的話語微微錯開。

像是他，卻又不像他。

「陳梓寧——」

聲音離得更近了點。

我微微愣住，並沒有回頭，反而無奈地嘆了口氣。

是幻聽吧。

經歷昨夜偽裝詐騙集團，一大早又被陌生乘客用圍巾打臉，等一下還得開會，喔、我甚至還沒吃早餐……

「我的精神狀態終於被長期熬夜給擊潰了嗎？」

下一瞬間，我的手忽然被扯住。

實在太驚悚了，幻聽之外居然還有幻覺？

我有些僵硬地轉頭確認，那一秒鐘，映入我視野的畫面，狠狠地將我的精神擊碎。

終於我不得不承認，自己是缺乏想像力的。

站在我面前的男人揚起笑，我找不到任何適切的形容，只能拚命記憶住這似真似假的一幕。

「妳好像沒聽見，所以只能拉住妳，沒嚇到妳吧。」

我愣愣地搖頭。

「還記得我是誰嗎？」

我又呆呆點頭。

在他清澈眼眸之中，我看見自己的倒映，碎落滿地的精神漸漸拼湊起來，我的思緒艱難地繞了一圈，卻只能乾巴巴地拋出無聊至極的話語。

「你怎麼在這裡？」

但他卻給了預期之外的答案。

「特地來找妳的。」

「找我？」

「嗯。」他把手中的小包裝餅乾放進我手裡，「怕妳記恨，只好第一時間來挽救了。」

「這是昨天聚會的……」

「原來妳有去，還記得那麼清楚，幸好我來了。」他有些懷念又好笑地望著我，「昨天以為妳不會到，預留給妳的餅乾就讓給其他人。」

「你不用保護當事人，我知道兇手是誰。」

低緩笑聲讓我的心尖微微顫動，掌心裡的餅乾彷彿帶有不容忽視的重量感，必須謹慎地捧住，否則一不小心就會失手滑落。

「但也沒必要讓你特地跑一趟。」

「我就是上班前繞過來碰點運氣，看來我運氣還不錯。」

一旦牽扯到依潔，諸如「你怎麼知道我上班地點」或是「你居然還認得出我」這些問題都沒必要追問，她就是一塊錢就能出賣朋友的類型。

「還是太麻煩你了，謝謝。」

我實在很想捅自己一刀，昨天掙扎整夜都沒能得到的機會奇蹟般地擺在我面前，我的每句話卻都在瘋狂句點。

要讓對話延續、要讓角色有下一拍的可能、要鋪墊情感……每天都被這些寫稿要求追著跑的我，卻連一點都無法落實。

但現實生活沒有退回重寫的選項。

我好想回去打滾，卻又想多看他一秒鐘也好，在我進退不得的拉扯之中，微妙的尷尬蔓延開來。

跟幻想過一萬次的重逢場景完全不同。

「果然三年不見還是生疏了，妳還記得當初我們是怎麼變熟的嗎？」

忘了。

我真的忘了。

但大概是我太急切地搖頭表示不記得，反而勾起他玩味的笑容。

「妳忘了也是有可能，但我記得很清楚。」

「這、這樣啊……」

「我記得有人帶了一盒點心到社團，擺在桌上好幾天就只剩一個，我想說就乾脆解決它，沒想到咬下去的瞬間卻看見妳瞪大眼睛，一臉不敢置信地盯著我。」

他無視我視線飄移，完全沒有中斷的意思。

「妳走了之後，我在地上撿到一張紙條，寫著最後一個是留給妳的，接連幾天我開始倒楣，例如東西莫名其妙被換地方，我的點心還被偷吃——」

「過去的事就別再提了。」

我扯開尷尬又不失禮貌的微笑，卻猛然想起來，此刻的我正處於黑眼圈末期狀態，又套著陰沉黑色針織衫，眼前的男人還侃侃聊著我的黑歷史。

簡直黑到底。

別說什麼浪漫的可能性，根本連一絲彩色的光都沒有。

「我差不多該走了。」

「嗯。」

嗯什麼嗯？

這時候應該要積極交換聯絡方式，或敲好下次見才對啊！

但我可是一個黑到底的女人呢，當然連旖旎的氣氛都是黑的。

「有空再聊吧。」

他揮了揮手，如同眾人到機場替他送機的瀟灑轉身，卻什麼也沒留下。

我不禁想——

這一次的重逢我等了三年，那麼下一次呢？

□

「陳梓寧，跟妳說了很多次，退縮的女主角不討喜，不要再設計這種女方等著男主角來找的橋段了，讓女主直接衝去，不管是耍心機或是踹門都好。重寫，明天我醒來前要看到。」

老闆醒來前要看到稿，翻譯起來就是「妳沒寫出來就不准睡」。

小桐拍拍我的肩，同情地注視著我。

「我懂，很多編劇都會把自己的感情觀帶入劇本，要一個約不了三次會的女人寫愛情劇的確是件痛苦的事。」

她邊說邊將手伸往我的餅乾，我拍開她的手，誇張地拆開包裝，挑釁一般吃起餅乾。

「一點同事愛都沒有。」

「那妳幫我寫，讓我去睡覺，我昨天只睡三小時。」

「算了，我的愛都給主角們了。」

我忍不住翻了個白眼，認命打開檔案準備改稿，探手要拿第二塊餅乾，卻撈出一張紙。

——名片？

忽然，他那句「有空再聊」迴盪在我腦中。

放一張名片是什麼意思，他是遊戲商務又不是保險員，難道是新型態交換聯絡資訊的方法？

「林澤凱，誰啊？」

「以前同學。」

我若無其事地把名片收起來，卻藏匿不了我那份小心翼翼的心思，這跟迂迴從依潔手上拿到不同，是確確實實、給我的。

屬於我的。

「妳知不知道掛著究極黑眼圈，笑得一臉春心蕩漾，畫面很驚悚耶。」

「誰春心蕩漾了？」

「妳啊。」小桐勾住我的脖子，曖昧地笑著。「給妳兩個選項，一是告訴我，二是讓我逼著妳告訴我。」

「差別在哪？」

差別就在我一整個上午不僅要設法擠出新設計，讓女主角「主動又積極」去找男主角，還要承受小桐的花式騷擾。

最後，她假意跟我討論分場邏輯順序，以非常專業的姿態討論起某一場「女主角在機場目送男主角出國留學，雙手緊握一份送不出去的情人節巧克力」的回憶戲。

卻忽然轉頭。

「妳當初有把巧克力送出去嗎？」

「那時候是夏天好不好。」

「呵呵。」小桐滿懷惡意地戳戳我的臉頰，「放棄掙扎吧，我早就看穿妳了。」

「卑鄙。」

「一齣戲裡最迷人的通常就是反派。」

沒辦法，與其再被用陰招套出話，倒不如由我來挑選能說與不能說的片段，拼湊出一個只敢當朋友的校園戀愛故事。

「果然是妳的風格。」

「怎麼聽起來像在罵我。」

「我從來不評價別人的感情，把暗戀暫停在最好的時刻也是種選擇，但代價就是因為太過美好，讓人念念不忘，甚至讓之後的愛情都變得困難。」她說。

「畢竟，在妳心裡一直有道被理想化的愛情標準。」

小桐說得沒錯。

這幾年我和幾個男人約過會，當然是抱持著想戀愛的心情，偶爾也會碰上心跳加速的時刻，但總會在某個點，外人看似微不足道的點，對眼前男人的戀愛開關啪地一聲被關掉了。

久而久之，我就成為朋友口中那個「約會沒辦法超過三次的女人」。

「對方出現對妳也算是個契機。」

「要鼓吹我彌補遺憾，或是把當初沒得手的人攻下來嗎？」

「這是一種解讀，不過對妳來說難度太高。」她毫不掩飾看不起我的表情，「妳更應該當作是讓自己往前的關鍵路口，無論是要追愛讓過去做個了斷，或是透過接觸慢慢讓美好幻想破滅，多少都能幫助妳往前邁進吧。」

「說實話，妳只是想看戲吧。」

「當然，電視劇寫得再精采都沒有現實生活的故事刺激。」

不是為了得到愛情，相反地，是為了磨滅對愛情的美好幻想。

小桐的話輕輕淺淺地在我胸口漾開，掀起一圈圈無法止息的漣漪，是不是這樣想，我就能擁有多一點勇氣走到他面前？

「但總需要有一個開始吧。」

「兩個人之間最不需要擔心的就是開始，拜託，陳梓寧，妳是個編劇耶，要女主角接近男主角有多難？一個下午最少能寫出五、六個版本吧。」

「故事跟現實又不一樣。」

「當然不一樣，因為故事裡的主角有實行力，而妳沒有。」

誰說我沒有實行力了？

差一點我就要說出昨夜尋找公共電話的冒險歷程了，但百分之百會被當成笑柄，我只能勉強吞下她的評語。

小桐突襲偷拿走最後一塊餅乾。

「妳只要不暴露心思，就只是和過去同學見見面而已。」她將餅乾塞進嘴裡，用含糊不清的口吻說。「對方不知道的事，就等於不存在。」

□

——假使害怕布簾後的秘密被掀開，最直接的方法就是在布幕前擺上另一件物品，讓對方相信舞台在前方。

這是周延安的人生準則。

周延安勉強能稱上是我的竹馬，這不重要，但他的人生準則確實指引了我一條路。

為了掩蓋私心，就在前方搭建一個舞台，上演合情合理的舞碼。

「沒想到能這麼快再見到妳。」

「真的很謝謝你願意接受訪談。」

「妳再用這麼客氣的態度，我說不定會後悔答應。」

「多少我也需要展現一點專業嘛。」

林澤凱坐在我的正對面。

我藏在桌下的雙手不斷進行著握緊、放鬆的緩和運動，一遍又一遍地告訴自己，不用緊張，我的目的很正當，是為了準備新提案來進行田調訪談。

他只是我的採訪對象。

雖然恰好，我和他中間擺著一份喜歡，但現在，正中央放的是一支錄音筆。

「遊戲業這幾年來非常受到關注，卻很少有類似的題材，大概是我運氣好，選題的時候正好遇到你。」

「確實，很多時候人需要的就是一個剛好。」

一個剛好。

他的話語彷彿有心又狀似無意，抿著唇我端起熱燙的紅茶，藉由濃厚香氣來阻止自己對他的一切表現過度解讀。

「那、接下來我就照著昨天寄給你的訪綱來問了——」

用力捏了大腿，逼迫自己振作，儘管一開始有些分心，但隨著問題來回，我漸漸冷靜下來，還有了追問他工作細節的餘力，就像正在進行一場再普通不過的訪談。

這樣很好。

因為我不擅長說謊，非常不擅長。

不擅長的程度大概比叫河馬用單腳站立一分鐘更糟糕。

於是在見面之前，我認真查詢各種資料，彷彿手邊真有一份必須完成的提案，查著查著，真實與謊言的界線越來越模糊，從某個瞬間起，我開始想著好好寫出一份遊戲業背景的故事提案也不是不可能的事。

喜歡大概也是如此。

當我們一步、一步朝對方走近，好像可以再近一點、更近一點，這樣的心情慢慢膨脹並且逐漸填滿體腔，最後超出某個臨界點之後，「只是想靠近一點」的心情便啪地一聲轉換成「想獨佔對方」的意志了。

人一旦萌生過於強烈的欲望就不得不面臨得到或者失去的岔路。

我不願失去這份喜歡，於是那些年謹慎地保持距離，但再次重逢，對上他如黑洞般的雙眼那一瞬——

我終於明白，所謂的喜歡其實是沒有餘地的。

小桐說得沒錯，如果不在遞出喜歡跟戳破期盼之間二選一，我的愛情大抵一輩子都會籠罩屬於他的氣息。

這麼一想，我的心砰的一聲落了地。

「在遊戲業工作對感情會有什麼影響嗎？」

「商務這個職位跟業務很像，常出差應酬，多少會帶給對方一些不安全感吧。」他輕輕笑了，修長的手搭在馬克杯上。「但這幾年沒機會談戀愛，這個回答比較接近我的想像。」

「真意外，畢竟你一直很受歡迎。」

「嗯，這我沒辦法否認，但我的吸引力似乎對我喜歡的人沒太大用處。」

喜歡的人……

想追問的衝動幾乎要讓字句從我唇畔溢出，但最後我斂下眼，收回錄音筆，有些刻意地做出終止錄音的動作。

「訪談好像差不多了，整理成書面資料之後會再請你確認。」

「陳梓寧。」

「嗯？」

「接受訪談沒有報酬嗎？」

我微愣，下意識抬頭望向他，對於從他口中說出「報酬」這兩個字有些消化不良。

沒錯，每個人都有追求報酬的權利，但因為是他，就有種一塵不染的王子居然伸手跟我要衛生紙，說他急著上洗手間的錯愕感。

小桐說的破滅感難道就是從這些瑣事慢慢累積？

他抬手輕巧地彈了我的額頭。

「妳至少也得請我吃一頓飯吧。」

「喔，也是。」不知為何，我默默鬆了口氣。「那你什麼時間比較有空？」

「只要妳約，我就有空。」

□

在英國待了幾年就會自然習得撩妹技能嗎？

我不知道，至少林澤凱本人一點自覺也沒有。

訪談結束後我們很普通地在捷運站說了再見，他走向藍線而我朝紅線走去，如同大學時期，簡單地告別，簡單地認為隔天還會碰面。

從那天起，他和我不時有訊息來回，有時候密集又有時候隔了一天才有回覆，小桐無聊地斷言這單純是看到就回、忙起來就擱置的普通朋友模式。

一段時間下來，三年不見的陌生感漸漸消融，回訊不再過度小心謹慎，直到他扔來一句：「欠我的一頓飯妳是不是想賴帳？」

我鬆懈下來的神經又頓時繃緊。

輕鬆地來回訊息是一回事，面對面接觸又是層次完全不同的事啊！

「怎麼辦、怎麼辦……」

抱著頭我有些慌亂地在床上打滾，門外卻傳來急促的門鈴聲，我有氣無力地拉開門，一張我不是很想看見的臉冒了出來。

「又在趕稿嗎？一臉剛從地獄爬出來的樣子。」

「不，看見你這個從地獄來的傢伙，臉色會好才怪。」

「見過我的人都沒辦法昧著良心說我不好看，妳這個說法完全不可信。」周延安自在地佔據我的單人沙發，「我今天心情好，請妳吃飯。」

又是吃飯？

「我不——」拒絕剛滑出喉頭就被我猛力止住，雖然周延安有自帶麻煩的體質，但他的戀愛經驗卻超過兩位數。「也好。」

「陳梓寧妳是壞掉了嗎？」

「你才壞掉。」我努力揚起和善的微笑，他卻一臉驚嚇地瞪著我，算了，當沒看到就好。「問你個問題，是劇本需要，狀況是這樣，女主角內心有個掛念多年的男人，久違重逢後慢慢找回當初朋友般的互動，而女主角某天要請對方吃飯，你覺得該怎麼安排比較好？」

「那女的想拿下對方？」

「也不是……」

「她對那男的有企圖？」

「不是企圖，就想保持良好的關係，如果、我是說如果，稍微能拉近一點距離也不錯。」

「妳先承認那女的就是妳，我們再來討論下一步。」

「就說了是劇本！」

「好好好，我得到答案了。」

他的表情實在讓人忍不住想揮出拳頭，事實上我也出手了，卻不只被他制伏還被搶走手機，我只能眼睜睜看著他把我跟林澤凱的訊息從頭讀到尾。

還回了一則訊息。

「你做了什麼！」

「沒有啊，就告訴對方妳一直有把約定放在心上，順便問他有沒有想去的地方，這週末妳有空。」

「周延安我要殺了你。」

「想對我圖謀不軌，等對方回覆之後再說，妳看他會不會主動安排時間地點，或者提了哪種餐廳，都能當作判斷他心意的線索。」

「那你也不能隨便就幫我回傳啊。」

「已讀時間超過兩天，陳梓寧，妳這樣搞，就算對方有企圖也都被妳打散了。」

面對周延安的嘲諷，我竟無言以對。

他鬆開手，我終於重獲自由，正要搶回手機之際，居然響起訊息提示聲。

『學校巷口那間義式餐廳怎麼樣？也能回學校看一看。』

「這這這，這什麼意思？」

我失控地扯住周延安領口，差點讓他跟世界告別，他掰開我的手，忍不住咳了好幾聲。

「解讀空間有點大，我看妳先跟他約完會，多蒐集線索再來分析，看他是懷念大學生活，還是懷念有妳的大學生活。」

「你有說跟沒說一樣。」

「要不是我，妳跟他能那麼快敲定約會？」

我猛然一愣，不可置信地瞄向桌曆。

「你跟他說我有空的週末是什麼時候？」

「就是明天。」他的笑容燦爛到讓人感到刺眼，「快誇獎我。」

雙手默默搭上他漂亮的脖子，我想，我的基因裡八成有潛藏的犯罪因子。

□

所謂的明天，一覺醒來就到了。

但不睡覺，也還是會抵達。

服務生面無表情地將餐點擺在桌上，從點餐到上桌簡直像影片快轉，彷彿背後有道無形推力正促使我往前移動。

我看著眼前的海鮮義大利麵，麵量幾乎佔滿整個盤子，配料卻像在沙漠中尋找仙人掌一樣少，但我一抬頭，卻看見更稀有的綠洲近在咫尺。

綠洲居然像跳樓大甩賣一樣一直笑。

還笑得那麼好看。

「我臉上沾了什麼東西嗎？」

「沒、沒有，我只是被麵的分量嚇到，以前好像沒這麼多？」

「不同時間點看待相同的事物也會有不同的感受吧，說實話，我也有吃不完的預感。」他壓低聲音，「但老闆兇得讓人印象深刻，還是努力吃吧。」

我忍不住噗哧笑了出來。

林澤凱從以前到現在最大的魅力就是，無論起初多麼僵硬緊張，在他身邊都能慢慢舒緩，依潔曾經形容他像一座森林，他的呼吸、聲音以及笑容都是芬多精。

縱使被扔往沙漠，他的存在便散發著水氣。

「妳終於笑了。」

「嗯？」

愣愣地望向他，這難道是傳說中一寫就會被老闆公審批鬥的撩妹套路？

我可是牢牢記住周延安交代要「蒐集線索」，這難道——

「我鬆了一口氣，怕要妳請吃飯又被記恨了。」

「呵呵。」

就算你笑起來帥到讓我的心臟有點負荷不了，但也不妨礙我想把手中的叉子扔向你的衝動。

「麵再不吃就要涼了。」

當作沒聽見，順便分析一下環境線索好了，否則可能會有場「既喜歡你又想殺了你」的即興演出。

把過軟的麵塞進嘴裡，喧鬧的交談聲讓人必須加大音量，這裡是以學生為取向的餐廳，絕不是製造曖昧的好場域，然而正當我叉起盤中唯二的花椰菜之際，林澤凱拋出的話題又混亂了我的判斷。

「我記得社團迎新就是在這裡辦的，那是我們第一次見面吧。」

其實我沒什麼印象了。

只能模糊想起一些曖昧的畫面，等著他接續的話語，我以為自己對他的一切記得鉅細靡遺，卻原來不是。

「妳順手幫我倒了飲料，把可樂加進我的咖啡裡，那杯特調飲料的味道，讓人印象非常深刻。」

「你回憶裡的我，就沒有一些比較正面的情節嗎？」

「我從來不覺得這些不好。」他的笑若有似無地撞擊著我的胸口，「每次我回想起來，都是開心的。」

「不要把你的快樂建築在別人的黑歷史上。」

「那妳要不要想辦法用新的歷史覆蓋上去？」

「覆蓋？」

「待會吃完去學校散散步吧，我還有好幾個珍藏的記憶可以分享，如果重新去晃過一趟，下次想起來就會是今天的畫面吧。」

這是某種訊號嗎？

不行，我好混亂，但腦袋有洞才會拒絕。

無論是要進攻或是要幻滅，前提都必須製造相處機會，現在我連腦細胞都不需要耗費就得到了機會。

「嗯，我也好久沒有回來了。」

但事情發展往往與預期背道而馳，出門前確認過僅有百分之十的降雨機率，卻恰好在我和他踏出餐廳時落了下來。

還是那種無法雨中散步的滂沱大雨。

「看來沒辦法去散步了。」

「百分之十的降雨機率都能碰上，該說是運氣好還是不好呢……」

「這種事大概要經過一段時間才能判斷，對我來說，在未來的某一天只要回想起來讓人會心一笑，就是件運氣好的事。」

「你的意思是見證我的黑歷史也是你運氣好？」

「這種陷阱題我先不答。」他笑著轉移了話題，「下次，換我請你吃飯吧，當作今天的回禮。」

我沒有回絕他。

也沒有說出「但今天是訪談的報酬」。

林澤凱趁著雨勢轉小，脫下外套披在我頭上，拉著我的手快步往捷運站移動，被雨水打濕的外套讓人連抬頭都顯得艱難，我只能隱約看著他的背影，然而屬於他的溫度與氣味卻毫無縫隙地包圍著我。

這是場突如其來的雨。

我分不清他的舉動只是一種體貼，或是一種只給我的體貼。

周延安要我蒐集線索，我卻被搞得撲朔迷離。

□

「對沒有好感的女人不會做到那種程度啦。」

小桐從周延安那裡掌握了我和林澤凱見面的情報，才剛交完稿，我就被拖到附近餐廳逼供，只是無論從哪個角度切入，都找不到一個能準確判斷林澤凱心思的決定點。

我不自覺攪動手邊的甜點，回過神來，焦糖布丁已經變得慘不忍睹，我有些心虛地遮住布丁皿，避免吧檯邊的老闆把我趕出餐廳。

「說不定他特別紳士，畢竟他在英國待過好幾年，多少——」

「打住。」小桐毫不留情地戳了我的頭，「妳現在就跟那些瘦得要死卻喊著自己變胖的人一樣，只是想從別人口中聽見『他一定對妳有意思』。」

「才見一次面，沒辦法這樣斷定吧。」

「矯情。」小桐冷哼一聲，「那就約他，見個兩三次總可以吧，如果他對妳沒有意思，就弄到他對妳有意思。」

真是簡單粗暴。

我只能乾笑以對。

然而，或許小桐說得沒錯，和林澤凱道別之後，臉上的微笑還沒來得及卸下，我就靠在捷運車廂角落瘋狂上網搜索分析他的舉動，輸入各類「男人約會表現」、「如何判斷他對我有好感」、「這種舉動是什麼意思」關鍵字，還特地換車直衝書店翻閱一堆戀愛書籍。

儘管無法像法官一樣用力敲擊槌子，但彷彿整個世界的指標都指向「他對妳有好感喔」，害我像誤食迷幻蘑菇一樣輕飄飄的。

「陳梓寧，妳笑得很討人厭。」

「有嗎？我沒有感覺自己在笑啊。」

「缺乏自覺，果然已經得了戀愛症候群。」小桐勾起非常壞心的笑容，「要不要賭妳跟他能不能打破妳約會不超過三次的魔咒？」

又賭！

為什麼一牽扯到林澤凱，每個人都認定「陳梓寧就是沒用」？

我已經不是三年前那個連想送情人節巧克力都抽不到號碼牌的人了，現在的我可是林澤凱可能會喜歡的對象呢！

摀著臉我趴在桌上，不能再想了，這樣下去我身體裡的熱氣說不定會爆發開來。

我突然有種可以一口氣把所有男女主角的愛情戲全都寫完的感覺。

「我真想跟老闆要一杯冰塊倒在妳頭上，怕妳燒壞腦袋。」

「『能夠維持正常的人一定沒有真正陷入愛情』，這是妳下過的台詞。」

「妳——」

「小寧救我！」

小桐的回話被一道哀戚的嗓音打斷，側過身就看見周延安快步奔來，他一把摟住我，哭訴著他的慘痛遭遇。

周延安不去當演員真的很可惜。

我沒有仔細聽他說什麼，故事脈絡大抵都一樣，每隔一段時間，他就會可憐兮兮地央求我扮演他的正牌女友，替他斬斷爛桃花，他的桃花們總是能以不同方式刷新我的世界觀。

嚴格來說周延安並不是渣男，也確實想好好談戀愛，他卻擁有容易吸引亂七八糟對象的神秘體質，導致身旁的人都被捲進愛情漩渦裡頭。

「又想要我做什麼？」

「她放話會用行動讓我喜歡上她，但她的行動根本是騷擾，我計畫好了，她公司聚餐那天我們過去偶遇，介紹妳是我女朋友，她在同事面前也不能發瘋，一口氣斷了她的念想。」

周延安很會演戲，但實在沒有創作才能。

我拍拍他的肩，通常我會趁火打劫，但誰叫我今天心情特別好呢，我甚至遞了杯水安撫他。

「可以喔。」

「妳……不提要求嗎？」

「我們可是死黨呢，這種小事還要提什麼要求。」

「你就趁這陣子好好利用她吧。」小桐毫不客氣地把帳單推到我面前，「畢竟情場得意，就必須在其他地方付出代價，能量才會守恆。」

□

但我不知道所謂的代價會以這種形式降臨。

勾著周延安的手，聽著他向明豔的捲髮女介紹我是他女朋友，還刻意強調「準備結婚」，女人的臉色僵硬，全身緊繃地彷彿準備攻擊獵物的雲豹。

他微微將我護在身後，這舉動似乎更加刺傷捲髮女，對我來說危險係數又急速攀升，這時候應該要規劃好逃生路線，但我的腦袋卻被巨大的嗚嗚聲籠罩，別說逃生，連一加一的數學算式都解不出來。

在我看來，一加一是等於零。

順著捲髮女看去，我的視線落在她身後的長型餐桌上，為了確保安全，周延安刻意挑了她同事能夠聽到我們對話的距離，但我忘了，我的生命中總是有一個人不願意拿著我寫好的劇本。

至少我的劇本不會設計「捲髮女的同事之一居然是林澤凱」這種坑。

「我想回去了，工作得今天弄完。」

「好。」周延安還有餘裕對捲髮女微笑，「不打擾妳跟同事吃飯了。」

我離開的步伐顯得有些踉蹌，一向細膩的周延安自然地扶住我的腰，我彷彿聽見某些什麼摔碎的聲音，啊、大概是店家架上有個非常漂亮的玻璃球，好不容易存好錢了，踮腳準備拿下來買回家之際，卻失手被我弄壞。

「小寧妳還好嗎？」

「不好。」

「呃、她是氣勢比較強啦，但人品還行，不會去埋伏攻擊妳的。」

「周延安。」

「嗯？」

「我開始覺得其實前幾天我只是不小心吃下了迷幻蘑菇。」

「妳又趕稿腦袋壞掉了嗎？」

猛然停下腳步，我惡狠狠地扯著他的領子，不是他的錯，但我就忍不住想遷怒。

「你只要附和就好。」

「嗯。」求生本能讓他拚命點頭，「下次那間店別去了，迷幻蘑菇不是好東西。」

重重地吐了口氣，我鬆開他之後頭也不回地把他扔在原地。

他小心翼翼地跟在我身後。

其實我可以在那當下大聲澄清自己並不是周延安的女友，但那等於把他從懸崖邊推下深淵，像捲髮女那種在愛情中固執又橫衝直撞的人，如果沒有一次斬斷，即便周延安真的交了女友，她也不會信了。

我做不出為了一點戀愛的可能而推朋友下地獄的事。

算了。

也許我跟林澤凱之間被安排的劇本就是一場又一場的錯過。

就當、我和他又差了一分鐘，各自搭上了不同輛捷運吧。

□

「啊啊啊我要殺了周延安！」

用力把啤酒罐放在桌上，想了一百次還是無法釋懷，別說我和林澤凱是久違三年的重逢，重點是，他是我曾經僅能遙望的暗戀，在幾天之前，他的愛情離我那麼近、近得幾乎讓我以為可能屬於我。

「這世界下地獄的通常是好人。」

「妳這樣根本不是在安慰我。」

「我沒打算安慰妳啊。」小桐晃著啤酒罐，「周延安會這樣妳也有責任，假使在這之前，妳但凡有一次拒絕他，逼他自己面對爛桃花，今天就不會有借酒澆愁的活動了。」

「不要檢討被害者！」

我又開了一罐啤酒，一口氣灌了半瓶，腦袋暈暈脹脹的，我不是個擅長喝酒的人，但在運動洩憤跟喝酒解悶之間，我很乾脆地選了後者。

然而，兩者除了有健不健康、正不正向的差別外，最重要的是，運動完會癱軟無力，喝完酒會失去理智。

「不管，不狠狠揍周延安一頓我過不去。」

我猛然起身，扯著小桐就往房外走，隨手招了計程車直奔周延安住處，期間小桐非但沒有阻止我，還不斷煽風點火，甚至籌劃起一百種凌虐他的方法。

差點讓我誤會跟周延安有仇的其實是小桐。

沒多久就抵達目的地，搖搖晃晃地爬了三層樓梯，經過漫長的走廊，這樣的路途仍無法消弭我體內的怒氣，我不禁握緊拳，不去想這證明的其實是我對林澤凱的喜歡在三年後依舊超出預期。

「到了，燈亮著。」

小桐的動作比我還快，她討債般瘋狂按著門鈴，屋內傳來一陣東西被撞倒的聲響，周延安想必很驚慌吧，在得知林澤凱也是偽裝女友戲碼的觀眾後，他就立刻躲起來了。

還傳來一封「我們暫時不要見面吧」的訊息給我。

「開門！周延安你這混蛋給我開門！」

酒意上頭，我用力拍門，簡直像三流肥皂劇，喝醉又一臉悲慘的我演繹一個被拋棄的女人，而裡頭的男人說不定正愜意地拿我的痛苦當下酒菜。

「躲起來算什麼，傳那什麼暫時不要見面的簡訊，有話就當面說，你這個沒種的男人。」

「你再不出來我就讓全世界都知道你是怎麼對待陳梓寧的。」

「周延安你出來——」

我跟小桐輪流在門外喊話，但周延安就是抵死不開門。

「你有辦法就躲一輩子！」

停下動作後我一時脫力滑坐在地板上，額頭貼靠著冰冷的門板，我自嘲地扯了扯嘴角，發了瘋之後還是什麼也改變不了。

「陳梓寧妳快站起來……」

「不要，我沒力氣了。」

「妳就不要後悔。」

「該後悔的是周延安不是我！」

我轉頭朝小桐大喊，全身細胞卻瞬間凍結，連嘴巴都忘了合起來。

為、為什麼林澤凱會站在那邊？

「我這陣子沒吃任何蘑菇啊……」

「妳還好嗎？」林澤凱似乎斟酌著用語，語速異常緩慢。「剛剛看到妳和朋友走路有點不穩，又拐進路燈壞掉的巷子裡，怕出事就跟上來了。」

你跟上來對我來說才是出大事。

花了極大的力氣，我勉強能移動僵硬的手，偷偷扯動小桐褲腳暗示她設法圓場。

沒想到，所謂的朋友，才是這世界上最不可信任的存在。

「太好了，我有事得趕著離開，但又放心不下梓寧，你能替我送她回家嗎？」

這、這說詞不對吧，把一個喝醉的女人交給一個男人才讓人無法安心吧。

但顯然我的內心活動並沒有傳遞給小桐。

「大概你也聽到了，住這裡的男人就是渣，騙梓寧說在南部工作，營造遠距離的假象才有時間跟其他女人約會。」

等等……這情節聽起來跟上午討論的劇本內容幾乎一樣，小桐妳這是抄襲吧，不對，好像她就是發想的人……

就在我腦袋當機的短短幾分鐘，小桐已經瀟灑離開，留下我和林澤凱。

我還呆坐在地板上。

「我扶妳起來吧，地板坐久了會感冒的。」

「我自己可以……」

顯然不行。

我才撐起身就發現腿麻到差點哭出來，他終於忍不住，有些強硬地扶住我的腰，眼底似乎還滑過一些心疼，他大概誤會了什麼，但即便我努力解釋我眼眶中的水氣單純是腿麻的生理反應，八成也會被視為口是心非。

話在心口轉了一圈，也只能輕輕向他道謝。

「謝謝。」

「跟我不需要這麼客氣。」

他扶著我走過長長的走廊，腳步聲錯落疊合，又一階一階踩著樓梯往下，其實我腳已經不麻了，酒在看見他的那一刻也差不多嚇醒了，然而我一句話也沒有說，安安靜靜地倚靠著他。

至少在黑夜裡的這一段路，允許我幽微的貪戀，讓我能夠小心地記憶住屬於他的氣味、他的溫度，以及他的存在。

最後，我乖順地坐上了他的車，連裝模作樣的婉拒都沒有。

偷偷望著他的側臉，至少在這種時刻，不需要那些多餘的動作、言語或者其他什麼。

畢竟這段路途太過短暫。

□

林澤凱再一次岔開了我的預期。

就說了，他從來就不拿我寫的劇本。

「我家不是往這個方向……」

「嗯。」他坦然地泛開笑，「就算把妳送回家也讓人不放心，我就自作主張帶妳到我的秘密景點了。」

他的溫柔總像輕淺的風。

忽然一陣、撫進內心最深最柔軟的那片綠地，隨風同來的棉絮種子輕飄飄地落下，絲毫聲響都沒有發出，沒有驚動任何人，包括綠地的主人，等到察覺的那一天，種子早已落地生根，成為不忍讓人拔除的樹苗了。

車子開往山路，爬了一小段上坡，城市的夜景映現在眼前，約莫在半山腰的位置，如同他，看似咫尺可及卻總無法抵達。

「我喜歡在這種高度看夜景，高處能俯瞰的範圍雖然大，看見的卻是各種無法辨別的光點。人也一樣，多走近一步才能看得更清楚一點，但大多時候的我們都找不到往前走的路。」

他說得沒錯。

通往他的方向總是在中途就碰上各種岔路。

我想著多繞點路也無所謂，卻沒料到結果不是撞上死巷就是走錯邊。

「但是我相信，只要想看清對方的渴望足夠強烈，就一定能開拓出一條通道。」

我也一度這麼以為。

三年前我鼓起勇氣趕到機場替他送機，包包裡還擺著一盒巧克力。

或許這一面會成為兩人記憶的最終一頁，至少我想親手遞送心意給他，告訴他情人節那天在他背包裡偷塞巧克力的人是我。

我卻遇上國道車禍。

拚命趕到機場飛機卻已經起飛，我甚至不知道該望向天空上的哪一架飛機。

回到家更發現，禮盒裡的巧克力早已被暑熱融成一團。

我的心空空落落的，彷彿我的勇氣總是遲了一步，就像在冬天吃起來恰好的夾心巧克力，夏天卻甜膩得難以吞嚥。

現在也是，以為重逢是一種機緣，離他稍微近了一些，卻荒腔走板，說不定是上天要把我徹底打醒，讓我別再妄想。

但、但也別用這種讓我形象盡毀的方式啊！

我不禁悲從中來，誰不想在喜歡的人面前留下美好的記憶，我卻有一堆黑歷史，還追加被渣男玩弄的標籤。

差一點我就要扯著林澤凱的領子大喊「這一切都不是真的」，事實上我的確衝動地拉住他的襯衫了，但比起聲音先落下的是我的眼淚。

事已至此，在最後替自己爭取一些福利總可以吧。

「為什麼老天總是要這麼對我？」

含糊不清地哭訴著，我心一橫撲往林澤凱懷裡，明明是幻想過一百次的場景，我卻難過得快要爆炸。

他竟然還溫柔地拍著我的背。

「你不要對我這麼好……」

我的心、會痛得超出自己能承受的範圍。

□

摀著胸口，我恨不得就此心臟病發就可以什麼都不用面對了。

但過了好幾天，我依然活蹦亂跳，生活該解決的問題仍舊堆積如山，得改的稿一堆，要繳的帳單一疊，還多了一串來自林澤凱的關懷訊息。

他的關心卻反覆提醒我那一晚的失心瘋。

撲進林澤凱懷裡大哭只是前菜，哭累了他耐心哄我回家，我冷靜了一小段時間，殊不知一踏進屋裡我竟然惡向膽邊生，彷彿臨死前的不管不顧，死抓著他要他陪我睡一晚。

他竟然真的坐在床邊待了整晚。

那一整夜，我幾乎以為自己又在哪個地方不小心吃下了整簍的迷幻蘑菇。

我拿著手機，一次次重讀他的訊息，絲毫沒有探問，甚至沒有提起那晚的荒謬，只是分享一些瑣事，並提起他說過要請我吃一頓飯。

但我明白，他不過是想確認我沒事。

「可是我現在面臨最重大的問題就是你啊！」

我崩潰地趴在床上，截稿日算什麼，老闆的公審大會算什麼，人家林澤凱只要傳來一則訊息就足以讓我的生活天崩地裂。

忽然，輕快的手機鈴聲響起。

下意識抬頭確認，來電顯示竟是「林澤凱」三個字，我彷彿看見一隻巨獸正張開血盆大口，我逃命般地跑到離手機最遠的角落，摀著心臟等著鈴聲停止。

「等我做好心理準備，順便寫好面對你的一百種劇本之後，我發誓，不管是訊息或電話我都會回的！」

但不是現在。

我小心翼翼地接近手機，才剛拿起還透著溫熱的機體，下一瞬間又被突來的鈴聲嚇到手滑。

沒事，是門鈴。

應該是叫的外送來了。

連續幾天我都窩在家裡打死不踏出大門，深怕貼心的林澤凱創造個偶遇，畢竟他是一個有責任感的人，無法放任一個精神明顯有點問題的獨居女人也很自然。

我沒有防備地拉開門。

大概，我低估了他的責任感。

一張溫文帥氣卻能讓我的心臟瞬間收縮到臨界的臉映入視野，這秒鐘竄進我腦袋的，居然是——

我還穿著拉拉熊睡衣！

「抱歉，聯絡不上妳讓我有點放不下心，就順路過來看看。」

不，其實你不順路。

拜依潔所賜，我很早就摸清他的住處跟他的公司和我家完全反方向，當時我還被調侃，連挑的房子都能精準錯開任何巧遇可能性。

「不請我進去坐嗎？我忘了帶水瓶，想跟妳借杯開水喝。」

你知道樓下就有一間超商嗎？

尷尬地拉開門，我側身讓林澤凱走進屋內，飛快地倒了杯水給他後，就衝進浴室扯下睡衣，換上一件純色棉T，盡可能自然地回到客廳，並扯開「我很好」的尷尬微笑。

他不經意別開視線，端起馬克杯很有誠意地喝了半杯水，即便如此也掩飾不了他認為我演技很差的事實。

尷尬的沉默逐漸瀰漫，沒幾秒鐘我就放棄微笑，腦袋拚命轉著要如何扭轉窘境。

門鈴又響了。

正好，這次總該是外送了，我剛才自暴自棄點的炸物拼盤，正好能邀他一起吃。

但我想，上天一定是巴不得把我推下地獄。

「我買了妳最喜歡的那家甜甜圈，吃完就原諒我好不好？」

不好。

我一輩子都不會原諒你。

周延安用他媲美小狗的黑亮大眼盯著我，百分之九十九的場合下我會心軟，偏偏今天就是難得的百分之一。

我還來不及反應，下一刻就感覺手臂被扯動，回過神來，林澤凱已經擋在我跟周延安之間了。

儘管不合時宜，但我唯一的感想只有一個。

——林澤凱好帥。

□

小小的茶几上被炸物拼盤和甜甜圈擠滿，派對一般的設置但氣氛卻一觸即發。

一向溫和的林澤凱，從周延安進門之後就對他非常不友善，他的態度似乎也激起周延安體內的黑暗因子。

「有人爭奪才會更突顯妳的身價。」周延安趁隙湊往我的耳畔，「放心，交給我。」

不，我怎麼可能放得下心。

但顯然這裡沒有我說話的餘地。

「不知道小寧有朋友來，不然我就多買一點了。」

「我是梓寧的大學同學，請問你是？」

「小寧的，男、朋、友。」

我瞪大雙眼，恨不得用眼神殺死周延安，而林澤凱隱約地瞄了我一眼，求生本能讓我驚醒。

「不是。」我認真地看向林澤凱，「他不是。」

林澤凱給了我一個鼓勵的笑容，我忽然有種舉手回答後獲得好寶寶章的微妙喜悅。

「梓寧說得夠清楚了，謝謝你的甜甜圈，但那並不適合多吃。」

「你以為自己是營養師嗎？」

很好，周延安輸了。

他雖然非常擅長演技，但我也說過，他完全沒有創作才能，硬生生把兩男對峙的狗血劇拉成喜劇。

林澤凱果斷地把甜甜圈紙盒重新闔起，遞到周延安面前。

「有些食物，不需要任何資格都能判斷它對人體有害。」

周延安一把扯下紙盒，自以為兇狠地瞪了他一眼，轉頭又對我揚起笑。「我再打電話給妳。」

我總感覺他離開的背影有種落荒而逃的意味。

也許是我看得太出神，在從一開始就拿錯劇本的林澤凱看來，便成了一種留戀。

他溫熱的掌心忽然蒙上我的眼，站在我身後的他拿捏著適當而不碰觸到我的距離，卻沒料想到這段曖昧的空隙反而使他的溫度與氣味更加清晰。

「對不起，我不應該貿然介入妳的感情，但妳一直都是個心軟的人，我不希望妳因為心軟又重蹈覆轍。」他說，輕緩而悠長。「那樣的人不值得擁有妳的喜歡。」

我的淚水安靜地滑落，沾濕了他的手。

然而我卻抬手貼住他的手背，多一秒也好，讓他的溫柔留在我的雙眼，留在我的心尖，讓我好好記住，此刻他對我的心疼。

他說得沒錯，我一直是個心軟的人。

周延安一次次推我擋爛桃花，同事也用歉意的表情把我扔到統籌面前被鞭，對我而言那並沒有什麼，因為我不會因為這些事受傷，但當他們以賠罪的名義補償我的時候，我的內心深處卻仍會輕輕抽痛。

因為我不在乎，因為我不會受傷，就能被推上前嗎？

我從來不去深想，好像太計較又太小氣了，但這麼多年來，卻有一個人，無論是三年前或者現在，他都不願意我因為心軟而吃虧，甚至擋在我的面前。

當我心軟答應接下製作活動道具的工作，他就爽朗地笑稱反正沒事而陪我一起熬夜。

當我心軟而多排了幾個顧攤位的時段，排班表上我的名字旁總會多了他的名字。

現在，他又再度替我擋下風雨。

這樣的男人，要怎麼才能從心裡淡卻呢？

□

我認清了事實。

林澤凱就是個讓人無法放棄的男人。

得到結論後我豁然開朗，不管是進或者退，人心最不安的就是懸在半空中無法落地，我甚至做好了一輩子都單戀他也無所謂的準備。

「妳有病嗎？」

小桐狠狠地彈了我的額頭，想了幾秒似乎不夠解氣又補彈了一下。

「很痛耶。」

「妳也知道痛，什麼叫做一輩子單戀他也無所謂？喜歡就去追，剛好妳現在是被渣男拋棄的女人，任何悲慘空虛寂寞都是合理的，直接撲倒他都行。」

「妳的發言太可怕了。」

「就妳沒資格說這句話。」

小桐不懂，人總是慣於替自己保留餘地，正因為林澤凱對我的意義太過不同，我連想靠近一公分，都忍不住擔心自己移動的方向、姿勢以及距離是不是對的。

任何有可能的暗示，都得小心謹慎。

例如情人節。

我從一月就罹患一種每天必須確認五次行事曆的病。

身旁的人以為我不過是在確認年假，畢竟編劇業血汗到除夕夜趕稿也不意外，但事實上我的每一次確認都是為了多累積一點點的勇氣。

一點、再加上一點。

我終於能走進那間散發著粉紅泡泡的糖果店，承受各種戀愛激素的衝擊，仔細比較過每一款巧克力之後，最終我還是拿起相同品牌。

三年前我沒能送出去的巧克力。

「這一次，我一定要親手交給他！」

懷抱著如燭火般不張揚卻熱燙的期待，我在行事曆畫下一個又一個叉，和林澤凱的往來也漸漸回歸自然，一切都往好的方向鋪墊，但真正讓我感動涕零的，是老闆宣告稿子過關，要大家放假好好過情人節。

當然，照慣例來說，不管是情人節或聖誕節，趕完稿的假期的伴侶通常是床和棉被，但今年的我可不一樣，這麼想著，在注視小桐時就忍不住帶著一種睥睨。

「陳梓寧，妳信不信我現在把妳拉到那男的公司，看妳還能不能擺出這種欠揍的表情。」

「先不要。」

「妳跟那些只會躲在鍵盤後面的人有什麼不一樣？」

當然不一樣，我可是買好巧克力了呢！

但我才沒笨到先破梗，尤其我身旁的人都特別喜歡插手別人的感情問題。

綁著漂亮蝴蝶結的巧克力被我供奉在書桌上，跟林澤凱的名片一起，雖然視覺上有點那什麼的，不過重要的是心意。

於是從休假第一天我就埋頭進行擬稿的浩大工程，諸如「送出巧克力的一百種方法」、「情人巧克力路線劇本」、「友情巧克力路線劇本」，延伸版還有「送出情人節巧克力被拒絕的一百種台階」、「送出友情巧克力反被告白的一百種挽回法」……

然而，即便我預備了再多再好的情節設計，卻永遠抵抗不了一種例外——資方不推項目了。

二月十三號，對我而言是重大事件的前一天，工作群組冒出了幾十則未讀訊息，因為太過不祥，我實在不願意點開確認，但老闆來電我沒辦法不接。

「資方說這版要送平台，要在星期一平台上班之前把修改意見改進去。」

「離星期一只剩兩天——」

「結束後一定讓你們放假，就這樣，十點開線上會。」

電話直接被掛斷，絲毫沒有拒絕的餘地。

十點線上會，現在已經九點四十三分。

我想起來今天還沒膜拜書桌上供奉的巧克力和名片。

□

靠著黑咖啡和洋芋片我又撐過一次改稿地獄。

窗外的日光漸漸亮起，用力伸了個懶腰，有些艱難地離開電腦椅，但下一秒我就不支倒地，因為我這才意識到，自己從一個地獄爬出後，迎接我的是另一個地獄。

已經二月十五號了。

所謂的情人節，在我的記憶裡根本像斷片一樣。
難道我連一點小小的奢望都不被允許？
「反正我跟林澤凱就是沒有緣分，我承認總可以了吧。」
氣憤讓我的腎上腺素急遽上升，我站起身，一把抓起被供奉的巧克力，粗魯地撕壞包裝，抓起巧克力就往嘴裡塞。
「你才不是情人節巧克力，是地獄的第一餐。」
差點噎到，我連忙灌了口黑咖啡，雙重咖啡因的衝擊讓我頭昏腦脹，無力地跌坐在床上，很想哭但長時間寫稿讓我雙眼乾澀到連水氣都擠不出來。
我忍不住起身走向衣櫃，猶豫很長一段時間後終於拉開衣櫃，小心拿出那袋要藏不藏的紙袋，緩慢拉開一道縫隙，晨光映照出裡頭的灰色圍巾。
從來就不屬於我。
「他的圍巾留在我這裡太久了……」
這條圍巾，像故事的鉤子，讓我能在平淡生活中留有一些延續和期待，卻像總是送不出去的巧克力，讓我對林澤凱的感情始終在原地打轉。
有些時候人其實分不清記憶的哪些部分是印記，哪些部分是牽掛，又有哪些部分是跨不出去的纏繞迂迴。

小桐和依潔說得對，我之所以放不下也解不開內心糾結，是因為我一直替這份喜歡跟自己留下餘地，畫了一個適當的圈，悄悄告訴自己「不走出去就不會結束、不會失去」。

但到最後，也什麼都不會得到。

「把圍巾還給他吧。」

我在原地停了太久太久了，但人總是要往前走的。

拎起紙袋，顧不得血壓飆高，一口氣灌光咖啡，隨便套了件外套就出門，不趁現在不行，萬一錯過這瞬間的衝動，他的圍巾說不定又會綑住我另一個三年。

「我不想再當被封印的女人了。」

我跨上自以為能用來培養健康習慣、但最遠只騎到巷子超商的腳踏車，用力踩踏往前，說不定半年前買的腳踏車就是為了這一刻。

所有預備都可能成為未來某個瞬間不可或缺的關鍵。

二月的風又濕又冷，瘋狂撲打著我的臉，十分鐘或者二十分鐘，我並沒有特意確認時間，那其實已經不重要了，對現在的我來說只有「未到達」與「到達」的二分法。

然後我跨越了那條線。

『能短暫碰個面嗎？我在你們公司大門附近。』

『我剛出捷運站，五分鐘內會到。』

曾經以為非常困難的事，其實也就是一兩則訊息的來回而已。五分鐘很慢，也很快，我彷彿掉進時間漩渦，不斷被攪動翻轉，時間感忽快忽慢，但無論流速如何變化，林澤凱和我的距離終究是越拉越近。

等到了最靠近的那一刻之後，就——

「等很久了嗎？」

「沒有，我就騎腳踏車運動，順便想到要把東西還給你。」

「有東西還我？」

「嗯。」我遞出紙袋，林澤凱納悶的表情在認出圍巾後更加困惑。「最近整理櫃子發現的，我才想起來，好像是哪次活動的遺失物，我答應社長幫忙還給你卻忘記了。」

我比預想的更加流暢地說出排練已久的台詞，差別卻是當初盼望能創造新的延續，如今卻是為了一個句點。

「抱歉，擺在我那邊實在太久了，但幸好又見面了，能讓我好好把圍巾還給你。」

我試著扯開一抹微笑，卻沒辦法順利揚起嘴角。

大概是臉被冷風凍僵了。我想。

「謝謝妳特地拿來給我。」他停頓了幾秒鐘，又把圍巾遞到我面前。「但今天很冷，妳穿這麼單薄可能會感冒，要不要先圍著，下次再給我就好。」

我輕輕搖頭。

斂下眼不去看他特別溫柔的神情。

「騎完車身體都熱起來了。」我深深吸了口氣，冰涼的空氣讓我感到一股隱約的痛楚。「謝謝你，但我不冷。」

□

我不冷。

真的不冷。

包著棉被我痛苦地喝著維他命C熱飲，長期缺乏運動又營養不均衡加上工作壓力以及情感打擊，一場小小的感冒卻像強度颱風朝我席捲而來，持續兩個星期還沒過境遠離的意思。

「真是脆弱，各種方面來說都是。」

「堅強不是人生唯一的選項。」

「但妳做得很好。」

我正準備迎戰小桐的毒舌，絲毫沒料到她畫風一變，化身療癒系大姊姊，伸出手居然不是彈我額頭，而是安慰地拍了我兩下。

「妳是誰？」

她旋即變臉巴了我的頭。

很好，小桐還是小桐，我的生活並沒有因為割捨掉心底的某部分就產生劇烈動盪。

「陳梓寧，妳跟周延安一樣，都不值得讓人同情。」

「不要拿我跟那個跑路的叛徒比。」

「在我看來你們都一樣，他碰上爛桃花就拉妳解決，妳遇上林澤凱就左閃右躲，好不容易豁出去選了一個結果，本來想誇獎妳幾句，但現在看來，」小桐微涼的眼神彷彿刺進了我的意志，忽然讓我有些慌亂。「妳還是在逃避妳自己。」

「妳說的話有點超乎病人的思考容量……」

低頭我專注把剩餘的熱飲喝光，默數著秒數，腦中旋繞幾個適合拿來轉移焦點的話題，然而小桐並不打算留給我餘地，她一把將我摟進懷裡，用著比一般女性還要有磁性的聲音在我耳畔緩慢而清晰地說。

「如果想哭就不要笑。難看。」

我心底始終繃著的那條弦猛然斷裂。

這兩星期來我一滴眼淚也沒有流，就算處於重感冒狀態，我甚至表現得比平常更加積極開朗，因為有道聲音告訴我該這麼做，因為有道聲音反覆向我強調我很好。

但我不好。

屬於林澤凱的那棵大樹被硬生生連根拔起，我卻還沒找到能夠填補的東西，曾有的綠蔭徐風一轉眼就沒了。

不、他還在，他始終在那裡。

他仍不時地傳來訊息，但他站立的地方從那天起便換了地標，從「我可能到達的地方」被覆蓋成「再不能踏進的地方」。

「我一點也不想哭。」

像被誰扭開了水龍頭，我的淚水嘩啦啦地落下，明明喉嚨乾渴得要命，明明身體像脫水一樣難受，眼淚卻能源源不絕地流出來。

小桐拍著我的背。

「早點哭完早點把稿交出來。」

「就知道妳沒這麼好心。」

「世界遠比妳想像的還要殘酷，妳早晚會明白失戀不過就是新手等級的難過而已。」

所以沒事的。

失戀不過就是場小感冒，睡上一覺，乖乖吃藥，沒多久妳就會知道那就是件不怎麼樣的事罷了。

當眼淚將曾經屬於他的陷落填成湖泊，映照出下一個絢爛的日出，那份波光粼粼終會成為我們自身的燦爛。

□

生活又回到軌道。

也不能這麼說，畢竟我並沒有上演脫軌的戲碼，連甩手向老闆大喊「你自己答應資方你自己去寫」的衝動都沒能付諸實行，依然天天消耗我的肝，依然天天吃營養不均衡的外送，依然天天——

跟林澤凱來回訊息。

「不、我只是覺得單方面拉黑他太不道德了，畢竟他什麼也沒做啊，而且以他的性格，萬一我毫無理由地不讀不回，他說不定會直接跑來按門鈴，確認我是不是被黑心老闆逼到選擇自我毀滅。」

坐在床上對著手機自言自語的我，可能跟自我毀滅也差不多了。

但我多少也成長了。

盯著那則「說過要回請你一餐的，下週末有空嗎?」的訊息，我嘆了口氣，回送了一行「案子很緊，會有很長一段時間不能休息」。

他很細膩又非常聰明，大概很輕易就能讀到隱藏的意思，我不打算跟你見面，事實上從那則訊息之後他就不再提起吃飯或見面，但出乎我意料的是，以為兩人聯繫會逐漸斷卻，實際卻沒有太大變化。

彷彿我們一直都是關係挺好卻沒熟到會邀約彼此的朋友。

「他果然是個很好的人。」

這樣滿好的。

理論上、應該是這樣……

我用力眨了好幾下眼睛，有些不確定該怎麼理解當下的狀況。

轉頭確認四周，是我家樓下沒錯，這裡既不是沙漠，現在也不是夏天，不會有海市蜃樓這種事，我的精神狀態也還不到會出現幻覺的程度。

那為什麼，林澤凱會站在我面前？

還、還對著我笑？

「嚇到妳了嗎？」

「還好，只是有點意外。」

何止是嚇到，我根本沒辦法理解。

但林澤凱似乎也沒打算理會我的混亂，渾身散發一種「我只是在聊天氣很好」的氣氛。

「我出來散步，沒想到剛好遇到妳，這時間妳應該是要出門吃晚餐吧，既然如此就一起吧。」

等一下。

你現在不用問號了嗎？

還有，無論是從你的公司或是你的住處，往哪邊散步都不該出現在這裡吧！

但林澤凱有種溫柔的強勢感，從來不讓人感到不舒服，卻又不知不覺順著他的意志前進，總之，已經做好跟他一輩子都用「網友」狀態相處的我，居然和他並肩走在街上。

「這附近布置得滿用心的。」

「用心？」

我很久沒有出門了，縱使外出也匆匆走過，他一提我才仔細端詳起四周的街景與商店，依然充滿濃濃厭世放閃感，不、是浪漫感，大概是情人節後沒拆下的擺設，卻又有種微妙的餘韻，因為附近黏在一起的情侶數量有點太多了。

「今天是白色情人節。」

「喔。」

有氣無力地應了聲，我頓時失去興趣。

白色情人節這種日子，根本是種勝利者炫耀日，能夠得到對方感情回應的，才有資格品嚐巧克力的香甜。

跟情人節不同，沒有友情巧克力，也不是只需要勇氣就能遞送的本命巧克力，而是毫無餘地，比限量商品條件更加嚴苛，極少數的人才能領到號碼牌。

「前面右轉，我覺得這裡的店不用踏進去就讓人喪失食慾。」

「是嗎？」他的笑聲隱隱傳來，「我覺得氣氛不錯啊。」

我忍不住瞪了他一眼。

不管林澤凱，到了路口我很乾脆就右轉，熱鬧浪漫的氣氛一散，頓時踏進幽暗沉靜的巷弄，但我沒走幾步，他竟拉住我的手腕，熱燙的溫度忽然讓我一顫。

「反正我絕對不進去那條街的店。」

「沒說要去。」他說，手卻絲毫沒有鬆開的跡象。「只是有個東西想拿給妳。」

「有東西拿給我？」

林澤凱慢慢放開我的手，冷空氣竄上，反而更加突顯殘留的熱度。

我的心有點亂。

握緊拳，默默告訴自己，大樹已經被拔掉了，他再怎麼是森林中最珍貴的那棵樹，都不會再被移植進我的心裡了。

然而，從過去到現在，林澤凱從來、從來就不願意拿著我的劇本。

「給妳的。」

一個纏著精緻蝴蝶結的盒子躍入我的視野，那樣子我太過熟悉了，那是我三年前情人節匿名偷放進他包包裡的紙盒，是我三年前夏天帶往機場卻沒能送出的紙盒，更是我不久前情人節想遞出卻只能自己拆開的紙盒。

「為什麼要給我這個？」

「回禮。」

「之前吃飯是為了謝謝你接受我的訪談，所以你不用……」

「是三年前的回禮。」

「我不太明白……」

他的表情非常認真，沒有平日的溫文微笑，林澤凱以某種不容我逃躲的氣息包覆著我，沉靜的巷子讓他的存在感彷彿被街燈拖曳的影子般，不斷地膨脹、再膨脹。

「那時候我有看見。」他的視線直直鎖定我，我想別開眼卻做不到。「妳把巧克力放進我的背包裡，我都看見了。」

他說。

「我開心了很多天，那陣子甚至不知道怎麼面對妳，拉著朋友商量怎麼回禮，但是……我的留學申請通過了，我忽然意識到，其實自己並沒有資格擁有妳的喜歡，到最後也只能假裝我收到的只是一份沒有署名的心意。」

他總是能給出我預想外的情節。

斂下眼我勉強扯開一抹笑，「那都過去了。」

「我知道，我也這樣告訴自己，但一回國收到社團聚會通知我第一時間就買了妳喜歡的餅乾，想著怎麼跟妳說話，沒見到妳卻又找理由跑到妳公司。」他自嘲地泛開笑，「我其實是很卑鄙的一個人，碰上妳跟男友分手，那瞬間我想到的居然是自己說不定能有一點機會……

「今天也是，明明妳的訊息清楚透露出不想見到我，但我不僅來了，還翻出三年前的舊事，可是我並不後悔，我溫溫吞吞地想拉近距離卻沒有辦法，想放下也沒有辦法，既然如此我也不想考慮太多了，即便是無賴地翻出往事，我也想爭取一個機會。」

林澤凱往前走了一步。

非常小的一步，卻彷彿從線的那端踏往這端。

「梓寧，妳願意給我一個機會嗎？」

心跳得好快。

是不是過往的每個掙扎與疼痛，都是為了鋪墊這一刻的彼此？

我無比慶幸三年前的自己用盡了所有勇氣，偷偷將心意藏進了他的手心，儘管遲了好久，但他卻始終將我的喜歡握著，沒有扔棄，也沒有任憑它消散。

林澤凱總是那樣輕易地，又將屬於他的大樹種回了我心底。

是不是我也應該再勇敢一次？

「我不給你機會，直接把自己給你，你收嗎？」

他突然愣住。

下一瞬間猛然伸手將我拉進懷裡，以超出我想像的力量擁抱住我。

「收了妳就不要想再拿回去了。」

他鬆開我，用非常溫柔的神情凝望著我，深邃眼眸卻透著不容忽視的熱度，輕軟地在我額際落下一個吻，像印記，也像承諾。

「白色情人節快樂。」

「我覺得，現在折回去那條街也不討厭了。」

他開心地笑了出來，牽起我的手，踩著比方才輕快一百倍的步伐往回走。

「不管是往哪邊，有妳在，我覺得都好。」

「這句話我可以寫進劇本裡嗎？」

「好啊，但我會索討酬勞。」

酬勞。從他口中說出來總讓人浮想聯翩，我忍不住搖頭想甩開不太正當的想像，小動作卻引起他的注意，他停下腳步望向我。

「怎麼了？」

「嗯、有點冷。」

搖頭跟發抖就不要計較太多了。

林澤凱不疑有他，解下他的圍巾繞在我的脖子上，他的溫度與氣味讓我整個人滾燙了起來，別說冷，其實我現在有點熱。

「有好一點嗎？」

「嗯。」

我裝模作樣地拉好圍巾，卻發現纏住自己的竟是不久前還給他的灰色圍巾。

原來兜兜轉轉，我還是被這個男人綁住了。

很久以後我才想起來，我還沒好好解釋關於周延安的事。

但大概也不重要，至少在林澤凱帶我參加他們公司聚會之前、迷戀周延安的捲髮女確認周延安「再度單身」之前，不用太在意。

「等一下一起吃巧克力吧，我前陣子買了很好喝的紅茶。」
「妳在邀請我什麼嗎？」
「就只是字面上的意思，沒有引申也沒有隱喻。」
「我突然想起來，我還沒有告訴妳，我喜歡妳。很喜歡的那一種。」
「你、你什麼意思？」
「就只是字面上的意思，沒有引申也沒有隱喻。」
僅僅是喜歡你而已。

The End

二十戀

／ 尾巴

三月十四日，對我來說不單單只是白色情人節這麼簡單，其意義深遠無比，但此刻我卻在寧靜的機艙內啜泣。

「嗚嗚……嗚嗚嗚……」手上握著的是近乎揉爛的紅色帖子，聲淚俱下。

「您還好嗎？」數不清空姐是第幾次過來詢問我，「我可以幫妳什麼嗎？」

「請再給我一杯水，謝謝。」我用衛生紙摀著自己的臉，鼻子都被擦得破皮，小桌子上更是一團團的餛飩。

從上飛機到現在過了好幾個小時，期間我醒醒睡睡，但無論哪種狀態，都不斷哭泣著，使得其他乘客從原先的擔憂變成不悅，而現在轉為畏懼，半個小時前，我旁邊的乘客和空姐要求換位置，深怕我會做出奇怪的行為似的，但不能怪他們，因為我看起來真的很糟糕。

「那個，小姐，不好意思，我幫您換個位置好嗎？」過了一會兒，一位看起來比較資深的空姐帶著笑容過來招呼。

「對不起……打擾到大家了。」我也想換到一個比較沒人的地方，收拾好東西跟著空姐的身後走，彷彿聽見其他乘客傳來鬆一口氣的聲音，只是沒想到空姐帶我抵達的位置是前方的商務艙，我立刻停下腳步。「我沒有錢可以升等！」

「不要緊，今晚商務艙只有一位乘客，也是他提議讓您前往的。」

「但是我會吵到他的。」

「不要緊。他說，嗯，願意給傷心的小姐一個位置哭泣。」空姐這句話講得彆扭。

這是什麼運氣，沒想到失戀還能升等。

一進到商務艙我便對著唯一有坐人的位置行禮，「謝謝您，我會盡量不要打擾到您的。」

雖然只看得到側影，但男人紳士地擺擺手，空姐領我坐到了最靠近經濟艙的位置，然後端上熱水。我縮在偌大的椅子裡，感受身體被包覆著，身上即便蓋著溫暖的毯子也無法覆蓋我內心的寒冷，那張捏得稀巴爛的喜帖被我丟在桌面上。

你怎麼能這樣對我。

我從小就喜歡你，一直一直喜歡著你，我這麼努力要成為配得上你的人，可是你怎麼能娶別人。

「給她一杯紅酒吧。」男人的聲音傳來，另一位空姐立刻為我送上了紅酒。

「謝謝您，真的太麻煩您了。」我低聲說著，一拿到紅酒便一口喝完，隱約中聽見對方又說了句再給她一杯。

對不起，我一直都在給人添麻煩，但是我真的很難過。

卓也晴，你怎麼可以結婚！

我喜歡你二十年了呀！

從我五歲搬到那社區開始，就一直喜歡著你。

□

五歲，是我人生第一場驟變，因為媽媽過世了。

我跟著爸爸離開了北部的傷心地，來到陌生的高雄，這裡的一切都讓我很不安，搬家第一天爸爸拉著我跟左鄰右舍打招呼，但是我躲在他身後哭個不停，不斷大喊我要媽媽。

爸爸很為難，抱起我哄著，可是我脾氣上來了，怎樣也無法停歇，爸爸不知道該怎麼做，鄰居阿姨則回到家中拿了棒棒糖給我，我才停止哭泣。

「一個大男人帶孩子很辛苦啦，需要幫忙的話不要客氣，這個社區小歸小，但是小有小的好，彼此都互相認識，很安全的啦，我們家也有一個女兒，社區的小朋友都玩在一起，等小雨熟悉環境後，就會比較穩定啦。」鄰居阿姨鼓勵著爸爸，讓這些日子來總是鬱鬱寡歡的爸爸終於露出一點點笑容，而那棒棒糖是梅子口味，從此我都叫她梅子阿姨。

梅子阿姨的女兒比我大，是十四歲的雲朵姊姊，她是我們這一區的孩子王，第一次見面就送了我芭比娃娃，讓她在我心中的位階排名馬上直衝雲霄成為第一。也因為她的關係，我很快融入了社區的孩子圈。

有事沒事我都待在她們家玩，這讓爸爸放心地全心投入工作中，假日則專心陪伴我，雖然沒有媽媽一開始很不習慣，但社區的阿姨對我都很好，加上還有許多同齡的孩子，更重要的是有雲朵姊姊的陪伴，所以會感到寂寞的時間也變少了。

「沈小雨最可愛了，尤其是吃糖的時候，臉頰鼓鼓地，像個小天使。」雲朵姊姊也因為有了個妹妹的關係，老是把我當作她的換裝芭比娃娃，每天都要換好幾套衣服，有時候還會幫我化妝。

「我也喜歡姊姊。」我很喜歡她幫我裝扮，而且她的房間有很多娃娃和玩具。

「我們今天要去公園喔，他們應該到了。」雲朵姊姊說完後起身，在鏡子面前梳著頭髮並塗上口紅後，就要跑出房間。

「誰到了？」我口齒不清地從地上爬起，像是小雞一樣跟著。

「也晴哥今天要來打籃球！」雲朵姊姊看起來很興奮。

「也晴哥是誰？」我牽上雲朵姊姊的手。

「一個很帥的哥哥，大我一歲，我很喜歡他喔！」雲朵姊姊露出少女獨有的嬌羞笑容，這讓我有點吃醋。

「我也喜歡雲朵姊姊呀！」

一見到我撒嬌的模樣，雲朵姊姊馬上抱住我並用力蹭著說：「哎呀，我也最喜歡小雨啊！」

聽到她最喜歡我，我滿足地笑了起來，當時雲朵姊姊就是我這小小世界中最閃亮的星星——在遇到卓也晴之前。

我跟著雲朵姊姊來到公園，遠遠便見到有一群對當時的我來說相對高大的男生們在前方打球，沒和大哥哥相處過的我嚇到縮在雲朵姊姊身後。

但她卻揮著手上前，將我丟在原地，還抓住了其中一個男生喊：「也晴哥，我來找你了！」

「卓也晴真受歡迎啊，羨慕！」

「雲朵怎麼不找我們呢！」

一旁的男生們調侃著，還吹了口哨，名為卓也晴的哥哥轉過頭來，酷酷地對雲朵姊姊頷首，並順勢推開了抓住他的手。「妳每次來都很吵。」

他的聲音帶著沙啞，還不適地咳了一聲，穿著黑色的短袖上衣與藍色運動褲，手環著一顆籃球，身為現場最高的他，彷彿自帶光芒般發亮，他注意到我，問了雲朵姊姊說：「妳什麼時候多了妹妹？」

「她是鄰居小孩啦，最近剛搬來喔。」雲朵姊姊走回來牽起我的手，帶著我往卓也晴等人方向走，但那麼多男生，讓我覺得害怕。也因為不認識他們加上害羞，所以就躲在雲朵姊姊身後。

「難得有女生不喜歡你。」

「小孩最誠實了啦，她感覺得出來卓也晴是個禽獸。」一旁的朋友又瞎起鬨，而我也被推到了他們面前，我死命抓著雲朵姊姊的手，就是不從她的身後出來。

「小孩子通常都很喜歡我的，好嗎！」卓也晴嘖了聲，蹲了下來，與我的視線平視，盯著我一會兒後忽然露出笑容，伸手碰上我的頭。「我叫卓也晴，妹妹叫什麼名字呀？」

他的手好大，幾乎包覆我整個頭頂，不是雲朵姊姊香香軟軟的手，也不是爸爸那粗糙卻安全的大手，是我完全沒有過的體驗，所以我大哭起來。

所有人慌了手腳，連卓也晴也嚇呆了，頓時大家都在哄我，雲朵姊姊趕緊抱起我，但我依舊哭個不停，她沒辦法只能先帶我離開。

「哈哈哈哈哈踢到鐵板！」

「看樣子卓也晴魅力失效！」

我依稀聽到幾個男生笑著，在朦朧淚光之中，我看見卓也晴搔著頭望向我的身影，嘴裡喃喃道：「這不可能呀！」

「姊姊很喜歡他，所以妳不要怕他喔。」雲朵姊姊一直在我耳邊說，拍在我背上的手如此溫柔。

我不是怕他，只是在那個當下我覺得很陌生，所以才哭了。

卓也晴，是我從沒遇過的一種未知存在。

隔天，雲朵姊姊又帶我去了公園，去之前還一直耳提面命要我不可以再忽然大哭，我委屈巴巴地點頭，小手緊牽著她。

抵達公園時他們已經在打球了，雲朵姊姊拉著我坐到一旁的椅子上，每當卓也晴投籃或是閃過一個人時，她便會尖叫並拍手，用盡全身力氣表達興奮與支持。

而那群男生似乎都很習慣雲朵姊姊誇張的加油方式，除了偶爾調侃一下卓也晴外，倒也都還挺正常的，而我則是一直被雲朵姊姊忽然高分貝的聲音嚇到。

「來，小雨也試試看。」雲朵姊姊要我也跟著助陣，還配合動作一手舉起搖晃著。

「我不會。」

「就這樣，來，跟著我說：『也晴哥好帥呀！』快點。」她慫恿著。

「也晴……哥哥……好帥呀……」我小聲地跟著講。

「不是，要這樣。」雲朵姊姊站起來，雙手放在嘴邊，朝前方大喊：「也晴哥好帥！」

而卓也晴因為突如其來地大聲助陣，讓他手鬆了一下，籃球因此被抄截。

「哈哈哈哈哈！」其他男生們大笑。

「白痴喔！雲朵！別鬧了。」卓也晴回頭喊。

「瞧，也晴哥很可愛對吧！」雲朵姊姊看起來很高興，她笑我也就會覺得開心，所以我也跟著有樣學樣地喊了：「也晴哥哥好帥喔！」

稚嫩的童聲令球場上的人一愣，卓也晴也轉過頭看了我。

「不要教小孩一些有的沒的。」卓也晴搖頭，對著一旁的雲朵姊姊說。

「哈哈哈哈。」雲朵姊姊笑靨如花，當男生們繼續打球時，她興奮地抱住我說：「也晴哥回頭看我了！」

當時年紀太小，不明白為什麼雲朵姊姊會這麼高興，可是卻很簡單地把也晴哥轉頭會讓雲朵姊姊開心這件事情畫上等號，所以後來每一次，我都會跟著雲朵姊姊吶喊。

關於卓也晴，我從雲朵姊姊那裡得到的資訊很多，他們就讀同一所國中，兩個人因為社團而認識，身為學長的卓也晴在學校很受歡迎，他成績優秀又是體育健將，配上高挑的身材和帥氣的臉蛋，不只朋友多，暗戀他的女生也很多。

這樣的他當然深深吸引了雲朵姊姊，某次聊天才知道住在另一區的卓也晴每個禮拜會有幾天和朋友來這區的公園打球，所以雲朵姊姊總會纏著他詢問確切的打球時間，有時候卓也晴會故意不說，那雲朵姊姊就會帶著我去蹲點。

我覺得雲朵姊姊這樣好笨喔，可是去公園我也可以玩沙子和溜滑梯，而且還有最喜歡的她在身邊，倒也覺得很開心。

只是有時候看見雲朵姊姊一直朝公園外的路口張望，那期待落空的模樣，總讓我覺得胸口悶悶的。但如果卓也晴出現在公園門口的話，雲朵姊姊的笑容比花還燦爛。我挺喜歡那個笑容的。

不過就在某次，我和雲朵姊姊一如往常地來到公園等待，可是卻忽然下起了大雨，雨來得又大又急，我們只能躲在溜滑梯下面。回家以後，雲朵姊姊就發燒了，還請了好幾天的假。

「一定是小雨吵著要去公園，真是對不起，雲朵有沒有比較好？」爸爸當時帶著我去跟梅子阿姨道歉，我覺得好無辜喔，明明就是卓也晴害的，要是他跟雲朵姊姊說那天不會去公園，那姊姊就不會感冒了。

可是即便年紀還小，懵懂中我也知道，不能把這件事情說出來。

「哎呀，怎麼會是小雨的錯，小雨才幾歲呀，況且都一樣淋雨，小雨頭好壯壯的，雲朵是自己身體太虛啦！」梅子阿姨邊說還又拿了根棒棒糖給我，「小事情啦，等她感冒好了，妳們再一起玩。」

因為太過生氣，所以離開後我直接往公園跑去，當時的我不知是哪來的腳力，居然讓身為大人的爸爸追不上，一來到公園就看見卓也晴等人在打球，我原本想過去推他，讓他跌倒，可是雲朵姊姊的笑容忽然出現在我的腦中。

所以我大喊：「也晴哥好帥！」

對方一愣，後頭的爸爸也一愣，我大哭起來，但依舊繼續喊：「也晴哥好帥，好厲害，射籃得分，太酷了！」

雲朵姊姊不在，所以我要代替她幫她喊，我要代替她幫她看，然後等雲朵姊姊身體好了以後，我再把此刻眼前看見的卓也晴告訴她。

我邊哭邊喊，那些根本不知道意思只是學著雲朵姊姊的加油話語，看在當時的爸爸眼中，還以為女兒情竇初開了，可是看在那群男生眼中，只是笑著說：「糟了，連小女生也遭到荼毒。」

我不知道的是，當天球場還有卓也晴他們班上的女同學，於是卓也晴有個小妹妹粉絲這件事情便傳開了，這是當時始料未及的。

雲朵姊姊病好了以後，大大稱讚了我的行為，還說我得到她的真傳，並帶著我去了公園。

不過這一次卓也晴沒上場打球，而是坐在旁邊像是等著我們，雲朵姊姊拉著我的手一緊，慢慢走到他面前。

「你今天沒下去打球喔。」

「我這禮拜只有星期五會來，其他時間不會。」卓也晴忽然這麼說，讓我們都一愣。

「哇，你願意告訴我了？」雲朵姊姊好開心。

卓也晴瞥了我一眼，「不然這小鬼又在那邊大哭大叫，好像我欺負她一樣，很吵。」

「我不是小鬼，我叫沈小雨！」我哼了聲。

「晴天、雨天，我們很不合呀。」卓也晴雖這麼說，但是大笑起來。「我聽她爸爸說，妳感冒了，以後我會告訴妳我來公園的時間，妳平常就不要等，不然發生什麼意外，我沒辦法負責。」

「那這是……」雲朵姊姊開心極了。

「妳喜歡我嗎？」忽然卓也晴這麼問，也不顧我也在場，可能我當時也不過是五歲的小孩，沒人會把我當一回事吧。

可是，小孩子的記憶是可以維持很久很久的，久到很多年以後，我都還記得卓也晴當時的嚴肅和冷漠。

「這、怎麼這麼問……」雲朵姊姊的聲音顫抖。

「我告訴妳不代表我要給妳機會，基本上我討厭年紀比我小的，還有我也不喜歡妳，一次跟妳講清楚，我認為比較好。」卓也晴說完後就起身往籃球場去，頭也不回。

溫熱的液體落在我的手背，是雲朵姊姊的眼淚；但她對我說話時，仍揚起淺淺的微笑。「小雨，我喉嚨痛痛的，今天可以請妳幫我為也晴哥加油嗎？」

聽到雲朵姊姊的要求，我二話不說就答應了，於是我開始對著前方的卓也晴吶喊：「也晴哥！加油！投籃！你好帥！」

可是後頭抓著我衣角的雲朵姊姊在顫抖哭泣著，讓我也覺得很難受，當時我並不明白那種心情是什麼，只認為或許我這樣大聲地喊，那當卓也晴回頭時，雲朵姊姊又會跟以前一樣笑了。

只是那天之後，雲朵姊姊不再去公園了，或許是她又發燒了，所以我要跟之前一樣，代替她去，為卓也晴搖旗吶喊，這樣有一天當雲朵姊姊好了以後，我才能告訴她現在看見的一切。

但大家似乎都不明白我的吶喊是為了誰，一律都認為我也是迷上了卓也晴，把我當作他的小粉絲，我因此成了這社區的小名產。

而卓也晴也因為雲朵姊姊不在了，我變成孤身一人，而展現了奇異的溫柔行為，似乎因為怕我一個人危險，且我又執意每天去公園等待，最後卓也晴會直接到家門口接我，然後再和我一起去公園。

我知道，雲朵姊姊都會躲在窗戶偷看卓也晴的背影。

所以，我會一直讓卓也晴過來接我，我會一直站在卓也晴身邊，等到雲朵姊姊哪一天又站在我身邊，喊著：「也晴哥，你好帥呀！」

□

「請問需要什麼幫忙呢？」空姐蹲在我的座位邊，我拿起一旁的空酒杯。

「再給我一杯。」然後擤了鼻涕。

「嗯，還是小姐您要不要再睡一下呢？」或許是想到我轉來商務艙又喝了五杯紅酒，空姐神色擔憂。

「不了，睡覺會讓我作夢。況且我酒量很好的，再一杯就好。」這並不是謊言，只是我哭得太過傷心，才會讓自己看起來像個醉鬼。

「這……」她看起來很為難，像是怕我出事。

「就讓那位小姐再喝一杯吧。」前方的男人又幫我說話了。

「拜託了。」我對著空姐說，她也勉為其難答應，我朝斜前方男人的座位道謝，對方舉起一隻手示意，便繼續看他的書。

搖晃著紅酒杯，就連喝第一口紅酒都是卓也晴教會我的，如今我也只會喝紅酒。

我看向了桌面上的喜帖，那張卓也晴的喜帖，新娘的名字寫著——鄭雲朵。

繞了好大一圈，雲朵姊姊還是站到了卓也晴身邊。

□

雲朵姊姊升上高中時，選擇到外縣市念書，美其名是那邊的師資比較好，但我想主要還是暫時要和卓也晴保持距離吧。

和雲朵姊姊分開讓我很難過，我哭哭啼啼地對她說：「我會把也晴哥哥身邊的蒼蠅趕跑，讓雲朵姊姊回來時，也晴哥哥還是一個人。」

這句話讓雲朵姊姊笑得很開心，她揉著我的頭說：「小大人。那就拜託妳了。」

雲朵姊姊離開的那年我國小一年級，而小學就在卓也晴高中的隔壁，也因此每天比較早下課的我都會跑到高中校門口等他，成了他們高中的小吉祥物，卓也晴也變成了奶爸。

「你的小忠狗又來了。」

「是十年養成嗎？」

「我不討厭喜歡小孩的男生喔！」

但是我年紀小到其他女生不會把我當作情敵，同時我也發現卓也晴身邊老是有許多朋友，大多數的女生都喜歡他，所以我總是會黏緊緊地，抓著他的手不放開。

也要慶幸我是個小孩子，所以無論我怎麼纏著卓也晴，他都不會拒絕我，畢竟我看過他是如何冷酷地拒絕了雲朵姊姊。

「你們不要在小雨面前亂講話，人家是小孩子。」卓也晴摀住我的耳朵，將我靠往他的身邊。

「唉唷，這麼保護她呀。」周遭的人調侃，讓我心裡有種癢癢的感覺。

「小雨真的很可愛呀。」一個常跟在卓也晴身邊的姊姊摸了我的頭，她身上有香香的味道，笑起來也很可愛，我很喜歡她。

卓也晴送我回到家門口時，他蹲在我面前告訴我：「小雨，妳以後不要再來學校前等我下課了，不然妳爸爸會擔心的。」

「我要跟在也晴哥身邊，幫雲朵姊姊趕跑蒼蠅！」我抓緊書包背帶。

對此卓也晴一笑，「雲朵姊姊到了別的地方，很快就會忘記我，然後喜歡上別人的。」

「才不會！」

「會呀，因為有更多比我更好的男生，我不過是一個鄉下地方的一個無名小卒罷了。」卓也晴揉了我頭頂，「所以妳也找自己的朋友玩，這樣子等我下課太危險了。」

「我才不要！我不要，我只要也晴哥哥，我要一直跟著也晴哥哥！」我喊著，卓也晴只是擺擺手，一臉拿我沒辦法。

「趕快進屋吧，我要回去嘍。」他揮手說再見，而看著他離去的背影，不知道為什麼我哭了，覺得他要丟下我了，明明是那麼溫柔地告誡，卻讓我覺得被丟下。

所以我隔天還是照常出現在校門口，卓也晴也對我沒轍，我就像個跟屁蟲一樣隨著他跑去打球、和朋友吃冰，以及到圖書館念書等，無論去哪，我都安安靜靜地跟著，彷彿變成了他的基本配備一樣，只要看見卓也晴，就一定會看見一個小女生跟在一旁。

即便這些日子雲朵姊姊曾經回家過好幾次，但都不跟我去見卓也晴，我不覺得她忘記他了，只是不明白她為什麼堅持不去。

一直到了快八歲時，我都還認為自己跟在卓也晴身邊是為了雲朵姊姊，但一切都在那天下午發生了變化。

因為他們畢業典禮的緣故，所以很早就放學了，四點多下才課的我趕緊揹著書包跑到公園，遠遠就看見他和朋友聚成一團，我興高采烈地衝過去，卻瞧見了衝擊的一幕。

卓也晴坐在長椅上，而他旁邊坐著那個可愛的姊姊，但是卓也晴卻把手放在她的肩膀上，兩個人靠得很近。

「不要！」我大叫，原本談笑風生的眾人轉過頭看我，卓也晴對我招手，可是卻瞬間僵住，因為我哭了。

我氣呼呼地衝到他們面前，擠到他們中間，強硬把兩人分開，然後抱住卓也晴說：「也晴哥哥是我的！妳走開！不要靠近他！」

「小雨……」那位姊姊想要安慰我，我卻用力拍掉她的手，然後很兇地對她喊：「妳這個壞女人！我討厭妳！也晴哥哥是我的！」說完還推了她。

「沈小雨！」卓也晴大聲地喊我，他從來沒這樣對我兇過，我嚇了一跳，然後大哭起來。

「不要哭啦！」

「怎麼把小孩惹哭了。」

「哥哥有糖果喔！」

其他的哥哥姊姊們都想安慰我，可是卓也晴只是把那位姊姊拉起來，帶離我身邊，然後嚴肅地對我說：「這位姊姊是我的女朋友，小雨，妳一直以來都太任性了，要好好反省一下。」

「我不要！我不要……哇嗚嗚……」我繼續大哭，配合手腳扭動，用力捶打著長椅，還把書包往地上丟，另一個哥哥要幫我撿，但是卓也晴制止他。

「你們都回去吧，讓我來處理。」

「這樣好嗎？她這麼傷心……」女朋友姊姊還想過來哄我，但是我最討厭她，立刻跳到椅子下，徒手抓起地面上的沙子，然後朝那個姊姊丟去。

「呀！」好巧不巧的，姊姊的眼睛被我沙子命中，當場痛得彎了身體，我先是一征，但很快地繼續無理取鬧，甚至抓起地面上的沙子胡亂丟著。

「小孩發瘋了！」

「真是不可愛！」

哥哥姊姊們護住自己的臉左右閃躲著，而卓也晴則用整個身體護住了姊姊。

「沈小雨，妳夠了喔！」他再次大吼，比剛才更大聲、更嚴肅。「再這樣子我就不理妳了！」

我停下手上的動作，繼續哭著。「不要！我不要！」然後尖叫起來，那群哥哥姊姊們灰頭土臉地拍掉了身上的沙子，因為我的不懂事而不太開心，所以有些人直接離開了。

卓也晴扶起了姊姊，然後帶著她離開公園，留下我一個人。

在淚眼婆娑中，我只看見他攙扶著另一個女生離開的背影。

我討厭他離開我，更討厭他身邊有除了雲朵姊姊以外的女生，不對，就算是雲朵姊姊，我也不喜歡！

八歲那一年，我才發現自己對卓也晴的執著不是因為雲朵姊姊，而是因為五歲的一見鍾情，原來這叫做喜歡。

□

「結果呢？」男人饒富趣味地詢問，而我搖晃著紅酒杯。

一直幫我跟空姐說再一杯的他，在剛才起身來到我旁邊的空位與我搭話。

說是路途遙遠，他也已經睡飽了，剩下不多的飛行時間，不介意的話是否能和他分享我的傷心故事，這樣或許能減緩一點傷痛，而且有他的陪伴，我再要紅酒也不會那麼難。

於是，我就和他講起了和卓也晴的過往。

「結果也晴哥回來，也只是把我帶回家，他什麼話都沒有說，我也賭氣地回到房間，」我喝了一口紅酒，「然後呀，他考上了外地的大學，就離開了。」

無論是卓也晴還是雲朵姊，他們都離開了。

「就這樣？你們沒有解開誤會嗎？」男人問，而我聳肩。「別這麼小氣省略那段呀，告訴我啊。」

「你這麼好奇我們的故事，怎麼不分享你的故事呢？」

「我啊，我很簡單呀，和未婚妻談了幾年的遠距離戀愛，現在要回台灣跟她結婚了。」

「和我這種要去參加喜歡的人的婚禮還真是截然不同的情況。」我翻了個白眼，又喝完了手中的紅酒。

「我們也很辛苦過啊，例如我一直以為她忘不了以前喜歡的人，但事實上是我多想了，所以每個人都有自己的難處呢。」男人笑了，「先告訴我妳的故事，我再來分享我的吧。」

我頷首，聽完傷心故事後，的確該聽聽修成正果的故事才行。

□

在我亂發脾氣後就感冒了，所以請了兩天假，第三天去上學時早就忘記了和卓也晴那天的失控場面，也打算下課再去站崗，只是那天被老師留下來考試，畢竟請假的那兩天有一個重要的小考，所以寫完考卷後也過了卓也晴的下課時間，我有點沮喪，這樣就三天沒看到他了。

可是當我走到校門口時，卻發現卓也晴站在那，他一見到我先是伸手揮了揮，我漾開笑容，立刻朝他奔去。

「也晴哥哥！」

「我以為妳還在生氣呢。」卓也晴抱起我轉了個圈。

「才沒有呢，也晴哥哥也不要生氣了。」我抓起他的手搖晃著，「我們要去哪裡玩？」

「嗯，不然我們去吃冰淇淋？」

「好！」我開心地牽著他的手，跟著他往街上走去，卓也晴買了紅豆餅和冰淇淋，和我坐在公園，一人一半地吃完那些東西，然後我看見了那個姊姊出現在前方。

她從溜滑梯後面探頭，小心翼翼注意我的反應，然後又縮了回去。

「也晴哥哥喜歡那個姊姊嗎？」

卓也晴也注意到了，「嗯，喜歡。」

我覺得胸口好痛，鼻子好酸。「那為什麼不喜歡雲朵姊姊？」

「妳有一天也會明白喜歡這件事情。」卓也晴蹲到我的面前，「希望妳可以和這位姊姊好好相處，可以嗎？」

我用力搖頭。

「沈小雨。」

「我不要！」我哭了起來，「我也喜歡也晴哥哥啊！為什麼、為什麼不找我當你的女朋友？大家都說我是你的粉絲呀，明明我更常在你身邊……」

「沈小雨，有一天妳會明白，此刻對我的喜歡，是一種憧憬，然後妳會喜歡上別的男生，我只是妳小時候的一個大哥哥而已。」卓也晴伸手擦掉我的眼淚，「所以不要再哭了。」

「我會一直喜歡你……」我嚎啕大哭起來，那位姊姊趕忙過來拿了衛生紙給我，可是我拍開她的手，不想理會她。

這位香香的姊姊我曾經很喜歡，可是當知道她是卓也晴的女朋友時，那份喜歡就都消失了。

「給我吧。」卓也晴沒辦法地接過姊姊的衛生紙，然後為我擦眼淚。

「我會一直喜歡你的！」我又說。

「妳還小……」

「等到我長大，你就會知道，我會一直喜歡你！」然後我瞪向姊姊，「然後等我長大，我會來搶走也晴哥哥，現在暫時借給妳！」

任何一個十八歲的人，聽到一個八歲的人這麼說，都不會當真的吧。

但我是認真的，認真到當下都忘記自己一開始黏在卓也晴身邊的原因，我是為了雲朵姊姊呀。

結果最後，我卻變成了那個喜歡上卓也晴的蒼蠅。

□

「雲朵姊姊就是喜帖上的新娘？」男人看著那被我捏爛的喜帖，「上面沒有他們的照片呢。」

「有照片我也不想看。」我哼了聲。

「哇，他們的婚禮是三月十四日，白色情人節呢，不就是今天嗎？等等下飛機妳就要直接去參加？」

「對，他們故意挑在白色情人節結婚，根本就……」我憤怒地握緊拳頭，但很快地鬆開，嘆氣道：「我的感覺很複雜，畢竟是雲朵姊，我喜歡上也晴哥，是不是一種背叛她的行為？可是她明明跟我說過不再喜歡也晴哥了，要我放心的，可是卻……我從來沒想過他們最後會結婚。」

「人生很難預料呀。」男人一笑。

「換你的故事了。」

「妳還沒講完吧？」

「其他的也沒什麼了，就那樣子。」我聳肩。

「我的也沒什麼，就是和高中時期的女友交往十幾年，現在決定結婚了。」

男人也學我聳肩。

「我還不知道怎麼稱呼你。」

「就叫我白熊好了。」他舉起食指，像孩子的模樣讓我不禁一笑，他驚奇地說：「這是上飛機後妳第一次笑吧！」

「因為白熊先生看起來很成熟，可是剛才的動作卻很像小孩。」我摀住自己的嘴。

「哇，意思是我看起來很老嗎？我也才三十四呢。」白熊摸著自己的下巴，有些苦惱。

或許是這趟路途漫長，長時間與白熊在密閉的高空飲酒暢談，讓我覺得他很熟悉，好像見過，連名字都很親切。

但或許只是因為酒精所以才產生的幻覺吧，我靜靜地看著桌面上的紅酒。

在我十八歲生日的時候，是卓也晴為我倒了第一杯酒，那大概是我們這輩子最接近的時候了。

□

在我八歲到十二歲之間，卓也晴都在外地念大學，即便偶爾有回來，但我們也因為住家距離並不算近而不常見面，加上隨著年齡增長，逐漸意識到自己以前有多令人羞恥。

所以即便有時知道卓也晴正在公園打球，我也不好意思過去，就窩在雲朵姊房間與她一起看漫畫。雲朵姊當時也在外地念大學，每次回來我們都會一起玩。她很少提起卓也晴了，有時候我想問她是不是還喜歡著卓也晴，但內心卻有著隱隱的罪惡感，也就不曾聊過。

就這樣時光匆匆，迎來了我的十四歲。

國二的我對於男女情感多少有些了解，也憶起卓也晴當年那些話，我也曾經在欣賞與喜歡之間掙扎，想著自己對卓也晴的心意到底是什麼情感，但最後還是坦然面對自己的內心。

同時我也到那時候才發現，我十四歲，卓也晴二十四歲了。

如果我再繼續和他保持這樣不遠不近的關係，我就真的成為他記憶中同家鄉的小妹妹而已。

所以在那一年的過年，剛當完兵的卓也晴回家時，我穿著和當年雲朵姊姊一樣的國中制服，跑到了公園。

卓也晴高挑挺拔的身影站在籃球框下，略短的頭髮襯托出他好看的頭型，他拍著籃球，在無人的球場上卻不顯孤寂，縱身一跳，射籃得分。

「也晴哥好帥呀——」我下意識地喊，才發現不妙，立刻摀住自己嘴巴。

卓也晴一愣，回過頭與我四目相交，那在我記憶中的五官除了成熟些外，幾乎沒有改變，我飲恨自己錯過了他這幾年的成長，也慶幸自己今天鼓起勇氣過來找他。

「妳是……小雨嗎？」卓也晴不確定地說，我點點頭後，他笑了起來。「妳長好大了，完全不一樣了呢。」

光是他這樣說，我就覺得開心到要飛起來，帶著笑容走到他身邊，東張西望了一下後問：「那個姊姊呢？」

「哪個姊姊？」

「女朋友姊姊。」

卓也晴歪頭思考，忽然張大嘴。「啊，高中那個？」

我點點頭，他擺擺手。「早就分手了啊，都多久了。」

「真的？」

「對啊。」他轉身彎腰撿起了剛才的球，「那妳這幾年……」

「太好了！」

「什麼？」卓也晴轉過頭。

「所以你現在單身嘍？」

「我和那個姊姊分手很久，不代表現在也是單身呀。」

「因為今天是白色情人節，也晴哥一個人在這打籃球，所以一定是單身呀。」我用邏輯推敲著。

「這可不一定啊。」但他並不說破。

「所以你現在不是單身嗎？就算不是單身也沒關係，但是不要太早結婚喔。」

「怎麼又會扯到這邊呢？」

「因為你若是太早結婚，我就沒有機會了。」

卓也晴停頓一下，不解地看著我。

「我現在長大了，還是喜歡也晴哥。」我認真說著，遮遮掩掩的年紀已經過去，若此刻還維持少女矜持，那很快地卓也晴就會遇到其他女人，畢竟他大了我十歲，這年齡差距是很可怕的。

「噗。」卓也晴不意外地笑了，「什麼長大了，妳還是國中生呢。」

「但是比八歲那時候大很多了。」我嘟起嘴，「不要一直用對待小孩子的方式，我很認真地在喜歡也晴哥耶。」

「當初不是說是為了雲朵姊姊嗎？」卓也晴模仿我的口氣。

「那、那不一樣，雲朵姊現在都沒有提到也晴哥了。」我有些心虛。

「等到妳跟雲朵一樣大的時候，就會明白對我的感情也只是錯覺。」卓也晴又拍了一下籃球，跳起後再次射籃。

「也晴哥老是會逃避別人的告白呢。」

「我？」

「為什麼要一直說我們是錯覺呢？雲朵姊明明就是被也晴哥殘忍地拒絕過才放棄的，而也晴哥對待我則一直用對小孩子的態度敷衍。」我握緊拳頭，直勾勾地看著他。「我很認真地喜歡你，從五歲到現在快要十年了。」

「但對我來說，妳就是一個孩子啊，」卓也晴溫柔一笑，那雙眼帶著的還是對妹妹的態度。「所以我說是錯覺，也很合理。」

「那如果我高中了，大學了，有天年齡長到跟雲朵姊現在一樣的時候，如果還喜歡著你呢？」我反問。

「那……」

「那你就不能再說我是錯覺。」我認真地說。

「可以呀，如果到那時候，我也會認真回應妳的感情。」卓也晴走過來揉了我的頭頂。

「等我十八歲那一年的今天，我會再跟你告白一次。」就在白色情人節那天。

卓也晴只是聳聳肩，再投籃了幾次，而我依舊在一旁吶喊著。

我並不難過，因為我得到了一些收穫。

他對待我確實還是孩子的態度，但他也不能否認我已經長大了。

只要他認知到我已經長大了這點，那就夠了。

我會努力，快點長大的。

長到他會把我當作戀愛對象的年紀。

□

「妳喜歡卓也晴嗎？」

沒想到再次聽到這名字從雲朵姊口中出來，會是在我升上高中的那個暑假。

雲朵姊二十六歲的那年考上了公職，並分派到附近的鎮公所，闊別十年左右，我們又回到小時每天見面的時光。

「這、這是誰說的。」我結巴了。

「我前兩天參加同學會，有人提到以前卓也晴身邊有個小跟班，還說他在十年養成，但後來小跟班不見了。」雲朵姊點開了聊天視窗，正和一個頭像看起來笑得陽光燦爛的男人聊天。

「所以妳真的為了我應援了卓也晴這麼多年呀。」雲朵姊笑著，回覆對方幾個字後關掉了視窗，轉過頭看著我。「妳喜歡卓也晴？」

「那雲朵姊呢？」我終於問出口了。

「那都是小時候的回憶了，少女時代呀。」雲朵姊一笑，見到我鬆口氣的模樣，她忽然抱住我，「天喔，沒想到妳這麼專情，這樣多少年了啊！」

「我、我只是……」然後停頓一下，「十一年了……」

她瞪大眼睛，扳著手指頭算。「這時間太長了吧！」然後馬上轉為擔憂，「妳現在高一了，是少女了，也很快就會成為女人，別在卓也晴身上浪費這麼多時間，好好享受妳的青春啊。」

「喜歡也晴哥怎麼會是浪費時間呢？」我不解。

雲朵姊皺眉，「卓也晴就像是天邊遙遠的星星，耀眼得讓人都想擁有，可是他不會停留呀，他就是那種……嗯，高攀不起的人。」

「可是雲朵姊以前不是也喜歡他嗎？」

「所以才更能感覺到與他的距離呀，妳當他的小妹妹，他會溫柔對待妳，可是如果妳變成喜歡他的女性，那他就會把妳推開，狠狠地那種。」雲朵姊把自己的影子放到了我身上，想起了當年的殘忍吧。

現在她也不喊他也晴哥哥，而是卓也晴了，這表示在她心中，卓也晴成為了一般的男人了吧……可是當我看到雲朵姊嘆氣的模樣，又想著，會不會這樣的轉變，其實是卓也晴對她來講依舊特別呢？

為了轉移話題，我比著螢幕上的視窗說：「白白在敲你了。」

「啊。」雲朵姊立刻轉身打開視窗，又回頭告誡我：「總之放棄卓也晴吧，別把時間都浪費在他身上。」

「我才不會呢。」我固執地說，「我十八歲那年的白色情人節，會再跟也晴哥告白一次的！」

「再？妳已經告白過了嗎？」

「反正我不認為是浪費時光，所以雲朵姊別管我了。」我趕緊拿起外套，快速跑出雲朵姊的房間。

她並沒有追上來，而我則往公園的方向走去。

想當然耳，在外地工作的卓也晴並不會在這，而我看著與籃球場的距離，覺得自己的單戀似乎沒有盡頭。

但我會長大，總有一天會長到他願意視我為戀愛對象的年紀，我把希望都放在未來，不能氣餒。

「我會一直喜歡你。」我說。

□

終於來到我十八歲那年，卓也晴回來了。

這所謂的回來意思是，他調職回高雄工作，但因為距離的關係，還是在外租屋。

可是他並不是一個人回來。

我穿著與當年卓也晴相同的高中制服，喘著氣朝他家的方向奔跑，當我來到巷口時，瞧見了他們正走出家門。

卓也晴帶著一個女人，我震驚不已，抓緊胸前的制服感受到呼吸困難，那女人穿著得體的衣裳，帶著和藹的笑容，一副良家婦女的樣子。

而卓也晴看著她的雙眼滿是柔情，和女朋友姊姊那種小孩子的戀愛不一樣，那是要共度一生的模樣。

不要——

我想如此尖叫，但我不是當年八歲的女孩，不會做出失禮的舉動了，況且，光是眼前的畫面就令我無法做出任何反應。

卓也晴的爸媽看起來很喜歡那女孩，四個人笑著朝車子走去，然而就在上車的時候，卓也晴注意到我。

他先是一愣，彷彿在確認我是誰，直到卓也晴的媽媽喊了我名字，並要我和他們一同去吃飯。

「媽，小雨說不定有別的事情。」我不知道卓也晴為什麼想把我趕走。是因為他明白今年我會再告白一次嗎？

還是他終於覺得我的感情是真的？

又或者他只是嫌我麻煩？

「好呀！」但我只是笑著這麼說，天知道我用了多少力氣，才有辦法擠出這個笑容。

卓也晴對我的回答感到訝異，但也沒有拒絕的理由，加上他的女朋友也很歡迎我，我便跟著上車了。

從他們的言談間我得知了女方是卓也晴公司的同事，她也是高雄人，兩人請調回高雄是對未來有了打算，所以今天才有這場與他父母的會面。

我從頭到尾握緊雙拳，覺得胸口發疼，只能看著窗外安靜地聽著。

我們來到有名的中式餐廳，餐桌上卓也晴的媽媽介紹著我：「小雨從小就和也晴關係很好，這也是個機會讓你們見面。」

「就像妹妹一樣嗎？真是羨慕，我是獨生女，一直都很想有個妹妹呢。」這位姊姊叫做小鳥，說話的聲音十分輕柔，原來卓也晴喜歡這樣弱不禁風的女性嗎？

「那妳可以把她當作妳的妹妹。」卓也晴這麼說，他怎麼能這麼說。

難道他又以為我不喜歡他了嗎？覺得這麼多年過去我已經發現當年是錯覺了？

還是說，這是他拒絕我的方式？

不，他不能這樣，不能用這種敷衍的方式拒絕我。

「我不是你的妹妹。」我咬著下唇，無懼地回望他，這場面讓現場尷尬了一下，而小鳥搞不清楚狀況，以為是我們吵架了。

是呀，我和卓也晴的年齡差距大到沒有人會把我們兩個往愛情的方面想嗎？

「對我來說就是妹妹。」卓也晴也如此回答，在這瞬間，再遲鈍的人都明白了。

「我不是來把場面搞僵的。」我站起身，對卓也晴的父母鞠躬道歉，也對小鳥表示歉意，雖然我覺得委屈也很難受，但我不再是那個八歲只會哭鬧的小孩了。

「可是你不能用這種方式拒絕我。」我看著他，想讓他明白我有多受傷。

卓也晴沒有任何反應，當年就連雲朵姊也得到正式的拒絕，為什麼我就是這樣模稜兩可的態度？

於是我再次對自己搞砸了這一切向大家致歉，然後離開了餐廳。

一路上我幾乎是邊哭邊跑地往家的方向去，但我並不認識路，只是我不想再待在這裡，這段暗戀本來就不會有結果，我早就知道。

可是，我希望至少我能站在與卓也晴對等的角色上，至少他能把我當作一個對象，當作一個女人，然後真正地、好好地，看著我，再拒絕我。

而不是從頭到尾用「妳就是一個妹妹」的方式。

但我又奢求什麼，相差十歲就是事實，沒有人會把小十歲、從小看到大的女孩當作對象的。

「小雨！」有人喊了我，下意識地我趕緊擦掉臉上的淚水，才轉身尋找聲音來源，只見雲朵姊神色慌張地往我這方向跑來，她身邊還跟了一位男性。

「雲朵姊，妳男朋友呀？」我露出不自然的笑容，不想讓她發現我自己哭了。

「妳怎麼這模樣，發生什麼事情了？」雲朵姊非常緊張，雙手放在我臉頰邊查看。

「沒有，我沒有怎樣，只是……」然後我愣住了，因為我瞧見卓也晴從後方追了過來，這是我始料未及的事情。

順著我的視線，雲朵姊也轉過頭去，她一見到卓也晴又轉過來看我的臉，在她腦中形成了什麼想像可以猜到，只見她立刻轉頭擋在我面前。

「雲朵，好久不見。」卓也晴打了招呼，還看了眼一旁的男人，接著又看向我。

或許是我自作多情吧，認為他在看到我哭紅的雙眼時產生了一絲憐憫的神情。

「你對小雨做了什麼嗎？」

「我沒有，我只是……」卓也晴停頓一下，「我帶女友回來……」話都還沒說完，雲朵姊已經一巴掌給了卓也晴，這舉動讓現場的人都嚇到了，我趕緊拉住雲朵姊的手。「雲朵姊，妳為什麼要打他？」

但是雲朵姊卻眼眶泛紅，對著卓也晴吼：「你怎麼能夠這麼做？帶女友回來？選在這時候？」

「不然還要挑日子嗎？」卓也晴對於雲朵姊莫名的暴力感到不解，一旁的男人也拉住雲朵姊。

「今天是小雨的生日耶！」雲朵姊的話讓卓也晴臉色一僵，他將視線轉向我。

「真的？」

「嗯。」我苦笑，更覺得難受，這麼多年來，他連我的生日都不知道。

此刻我才感覺到，別說是戀愛對象了，他大概連把我當作妹妹都沒有，他根本就不在乎我，我只不過是過去玩樂的小朋友群中的一員罷了，就因為自己常黏在他身邊，錯以為自己還真的特別了。

忽然卓也晴拉住我的手，雲朵姊機警地推開他，但卓也晴力道之大，並未放手。

「跟我來。」他對著我說。

「為什……」

「雲朵。」一旁的男人出聲，雲朵姊嘟起嘴，總算鬆開了手。

「小雨，我會在家等妳，回來後找我，知道嗎？」雲朵姊叮嚀，又惡狠狠地看了卓也晴。「你最好別再讓小雨哭，否則我會和白白一起去打你，知道嗎？」

卓也晴倒是不理會她，拉著我離開了。

我不知道他要帶我去哪，但我看著他的手。

小時候雖然也常牽手，但這是我們都長大了後的第一次碰觸，光是這樣我就很想哭。

卓也晴拉著我來到了便利商店，買了一小瓶紅酒和紙杯，我還納悶為什麼要買那個，他便示意到對面的公園，來到我時常坐著的長椅上，將紅酒倒入了紙杯之中，稍微搖晃了一下把其中一杯交給我。

「這是什麼？」

「慶祝妳成年。」他塞到我手心，那常溫的紅酒在寒冬中顯得溫熱。「生日快樂。」

十八年來，這是第一次聽見他的祝福，我濕了眼眶。

紙杯碰撞，我喝下了那明明苦澀，卻在口中化為甘甜的紅酒，即便日後我喝過無數昂貴的酒類，味道卻永遠比不上那一次他為我倒的廉價紅酒。

「卓也晴，我十八歲了，雖然還不到白色情人節，可是我要說，我喜歡你。」

「嗯。」他喝完了那紅酒，轉過頭認真地看著我。

他，終於把我當作一個女人，要認真地拒絕我了嗎？

「我已經有喜歡的人了。」他說。

「小鳥姊，是什麼樣的人？」我苦笑，你喜歡到想共度一生的女人，是怎樣的類型。

「她就是……對任何事情都很認真，工作能力也不錯。」卓也晴抓著頭。

「就這樣？」

「嗯，就這樣吧。」他看起來有點疑惑，然後聳聳肩，又倒了一杯紅酒到我和他的紙杯之中。「不然妳為什麼喜歡我？」

「我不知道。」

「不知道？」他覺得好笑。

「等到我意識到的時候，就已經喜歡你了。」我咬著紙杯，輕啜一口。

「我明明叫你不要太早結婚，至少等到我十八歲、等到你能把我當一個女人看的時候，至少給我一個平等的追求機會，再拒絕我……我希望你是用『謝謝妳的努力，但是我沒辦法喜歡妳』的理由，而不是……『我有喜歡的人了』這種……」我掉下眼淚，但很快地擦去。

「小雨……」

「也晴哥為什麼會追出來？難道不是我有一絲絲機會嗎？」我問。

「因為小鳥……要我好好拒絕妳，不能忽視妳的感情。」

他還真老實呢，我忍不住扯出一個苦笑。

「是示威，還是仁慈呢？」我笑說，卻流下眼淚。

「不要哭了。」卓也晴蹲了下來，伸手擦去我的淚水，並與我的視線平視。

然而就在這瞬間，我覺得似乎就是最後了，卓也晴就要到我再也碰觸不了的地方，我的初戀被迫結束在這，從此以後，這個男人不會再為我佇留。

那是我此生鼓起最大勇氣的時刻，我雙手放到了卓也晴的臉頰兩側，在他還搞不清楚是怎麼回事前，將自己的唇貼到了他的唇上。

獻上初吻的女人是不是會被瞧不起，但我這麼做的目的不是為了讓他忘不了我，而是給自己一個回憶。

至少這段單向的戀愛之中，在最後留了個禮物給自己。

「祝你幸福，也晴哥。」當我離開他的唇後，看著他露出微笑，即便流著眼淚，希望自己在他記憶中最後的模樣，也是微笑著的。

我已經十八歲了，不再是那個看到你有女友就會尖叫的八歲孩子，我懂得祝福，懂得放手，我已經長大了。

□

白熊明明在聽感人的故事，但卻帶著奇怪的笑容，他看了一下手錶。「飛機再過兩小時就要降落了，我不敢相信我們喝了這麼多酒都沒醉呢。」

「我的表情很醜吧？」我將手機轉成自拍模式，看起來真慘。

「那為什麼最後他不是和那個小鳥姊結婚呢？」

「這我也不知道。」我攤平那張喜帖，「雲朵姊當時明明是有男友的，一直以來她應該是都有男友……可是為什麼這麼突然地就和卓也晴在一起，而且還結婚……」

「或許故事繼續聽下去，就能找到答案啦。」白熊又笑，他看起來真的好面善呀。

□

我當時真的以為卓也晴就會這樣和小鳥姊結婚了，所以大學推甄時，我再次填寫了卓也晴以前念過的北部大學，並且成功考上。

就在我和爸爸將整理好的行李放到車上，要離開家前往台北時，卓也晴跑來了。

他手裡提著一瓶紅酒，說是要送給我當作考上大學的禮物，爸爸還笑說哪有在長輩面前送十八歲女兒紅酒的，不過卓也晴只是扯了一個微笑。

「沒想到妳會選擇離開這裡。」

「既然得不到你，至少也要走你走過的路。」我開了個玩笑，但說完卻自己覺得心痛。

而他只是聳肩，把紅酒交給我。「如果在那邊有什麼困難，記得隨時跟我講，我在那裡還算吃得開，可以報我的名字喔。」

不知道他是玩笑還是認真的，我只是給他一個自認為得體的微笑，然後揮手說了再見。

一直到看不見他的身影，我才默默擦掉了眼角的淚水。

在心中正式對我的初戀道別。

大學的生活還算愉快，活動非常多，剛開始我兩個禮拜會回家一次，但自從某次我在路上看見小鳥姊和卓也晴走在一起的身影時，我才發現自己還是會難過，而且比想像中的還要心痛。

原來這麼久不見並不會削弱我的感情，反而會加深，那像是扒了一層皮的痛苦，一刻都不曾停歇。

所以後來我索性更少回去，或是躲避任何他可能會出現的地方，我忽然明白當時雲朵姊為什麼都會躲在家中了，或許真的不是因為她忘了，而是忘不掉，才會刻意避開。

可是即便如此，雲朵姊也有了男朋友，她的人生前進了，所以我也可以的……對吧。

我興起了另一種想法，便是想讓自己變成超優秀的完美女人，讓有天老態龍鍾的卓也晴後悔當初沒選擇我，不過我也想像不出他老態龍鍾的模樣，感覺他就會一直這麼帥下去。

所以我稍微研究了一下他們的公司，看看小鳥姊的職位要怎樣的能力才有辦法駕馭，好朝那方向進修更甚至要超越。

就在大三的某一年三月，我獲得了大四到國外當交換學生的機會，正當我在租屋準備留學相關資料時，電腦傳來了聲音，是幾個不同的男生想邀約我出去。

雖然沒有興趣，但礙於有些是組員有些是同學，還是必須回應一下，所以敷衍了幾句，我便繼續找尋資料，而這次換手機響起了。

居然是卓也晴打來的，我趕緊接起來，本想掩蓋自己的興奮，結果卻顯得自己有氣無力。

「妳在睡覺嗎？」

「沒有，我在準備資料。」我看著時間，已經十點多了。

「我來台北出差，正好來到學校附近，妳想吃宵夜嗎？」

我喜出望外，當然答應，卓也晴買好了宵夜來到我的租屋，我趕緊把桌面清出一個空位，他則看著我電腦螢幕上閃爍的眾多訊息，在我的叫喚下回神，把宵夜放到桌面上。

「也晴哥，好久不見了。」我看著他，果然一點都沒變呀。

「三年多了，妳都沒回高雄嗎？」他把鹹酥雞攤開。

「有呀，只是很少。」我拿了兩個杯子，接著拿出令他驚奇的東西，就是十八歲那年送我的紅酒。

「妳都沒喝？」

「我一個人要喝什麼呀，今天這樣的日子才特別呀！」我對他眨眨眼睛，拿出開瓶器，熟練地扭開了軟木塞。

「看起來很常在喝喔。」他一笑。

「嘿嘿，大學呀。」我動作俐落地將紅酒倒進酒杯，「也晴哥，我敬你。」

他看起來似乎很猶豫，拿起酒杯的動作慢吞吞的，最後才和我乾杯，玻璃杯碰撞著發出清脆的聲響，然後他喝了一小口，而我則乾杯。

「妳變了很多呢。」

「畢竟我二十一歲了呀，也晴哥三十一歲了耶。」我嘿嘿笑了兩聲，螢幕又傳來了訊息提示聲。

「這麼多人約妳，很受歡迎喔。」他的話聽起來是在調侃，可是我覺得有點小難過。

在我耳中聽來，彷彿是「就跟妳說是錯覺吧」的意思。

「我可沒有興趣，我在忙申請的事情。」我把電腦螢幕關閉。

「申請？」

「嗯，我申請到國外交換學生，要到美國喔。」

「怎麼沒聽妳說？」

「因為我現在才說啊。」我笑了兩聲。

「也是，畢竟很久沒聯絡。」他扯了嘴角。

「但是我都有發臉書動態，啊，IG也晴哥好像沒有追蹤我喔。」

「我沒有在用IG。」卓也晴聳肩，「那是年輕人的玩意兒。」

「哪有呀，大家都在用呀，不然我幫你創一個帳號？」我朝他伸手，他思索了一下，才把手機解鎖交給我。

在接過他手機的瞬間我內心稍稍後悔了，要是我看見他手機桌布是和小鳥姊的合照怎麼辦？他們結婚了嗎？我害怕聽見他們結婚的消息，所以才一直不敢跟他見面，也不敢聯絡。要是他們有了小孩呢？

我完全不敢想像，可是我剛才確認過了，他手上沒有婚戒，雖然這個年代已經很少人會戴婚戒了。

不過好在手機的桌布只是普通的內建風景照，這讓我鬆了一口氣，下載了APP 程式後安裝申請，並且追蹤了我自己的 IG。

「妳的生活很多采多姿呀。」他滑著我的頁面，充滿著與朋友上山下海，或是社團活動等剪影。「我只剩下公司跟家了。」

「大人很酷呀，為了生活努力著，比我們還吃父母的好多了。」我說著如此老練的話，讓卓也晴笑了起來。

「好啦，我也該走了，打擾太晚不好。」

「也晴哥今天住在台北嗎？」我跟到了門口。

「沒，我等一下就要開車回去了。」

「這麼晚了耶。」

「明天還要上班呀。」他說著，伸手要揉我的頭，可是卻停住了。「那我走了。」

「嗯，路上小心。」我想說下次見，但怕又給了他壓力，所以目送他離去。

等他離開後，我才打開電腦螢幕，一一點開那些訊息，注意到其中一個人說「白色情人節快樂」時，我才會意過來今天是什麼日子。

這樣的日子，好久不見的卓也晴卻來找我？

即便出差，也不需要特意過來找我不是嗎？

我有種奇怪的預感，所以去找尋了小鳥姊的臉書，卻沒看到任何一張卓也晴的照片，同時卓也晴的臉書也沒有小鳥姊的照片。

一種奇怪的猜測在內心發酵，我立刻敲了雲朵姊詢問。

『他們分手了啊，妳不知道？』

『分手？什麼時候的事情？』

『好一陣子了耶，大家都很震驚呀，以為他們會結婚。』

『是誰提分手的？為什麼？』

『我哪知道，妳可以問問看呀。不對，還是不要問好了，妳應該沒有喜歡他了吧？』

我回應了一個竊笑貼圖，便關掉了螢幕。

真是奇怪，為什麼卓也晴不跟我說？不對，他也沒必要跟我說。可是他在白色情人節這天過來，不，我想這麼多做什麼，他不是說了是出差嗎？

別再自作多情了，是吧……

不，這怎麼會一樣，卓也晴從來沒有主動找過我呀。

所以我立刻拿起小外套和手機，馬上打了電話給他，並且衝出了租屋想追上他。

當我跑到一樓時，卓也晴接起了電話，我立刻說：「你和小鳥姊分手了是嗎？」

「妳怎麼知道？」

「剛才怎麼不跟我說！」

「跟妳說幹嘛呀。」卓也晴在電話那頭笑了。

「因為我……」我頓了一下，想到了即將到來的美國留學。「今天是白色情人節耶，也晴哥。」

「是呀，兩個單身的人一起吃宵夜，不是很好嗎？」

「我每年的白色情人節，都會跟也晴哥告白一次，直到你結婚為止。」我認真地說著，「我二十一歲了，早就超過了雲朵姊當時的年紀，現在你不會認為我的喜歡是假的了吧？」

電話那頭傳來靜默。

「我還是很喜歡你，也晴哥。」我抬頭看著天上星光燦爛，從沒看過這麼清明的夜空。「我會精進自己，讓自己成為更好、更優秀的女人，所以你不要太早結婚好嗎？」

「到什麼時候？」

「至少等到我從美國回來。」我說。

「嗯。」

這麼多年來，我終於得到了一個肯定的回覆。

我笑了起來，這不是答應我的告白，可是，至少、至少進步了。

□

「結果妳就收到這張喜帖了？」白熊笑得好大聲，「這樣幾年了？妳一直待在美國？」

我點點頭，誰知道來到美國的生活會這麼順利，我還是學生時就被企業相中，指導教授也建議我繼續升學，我想著擁有美國研究所學位是一件很難得的事情，加上我希望自己成為更加優秀的女性，反正只需要三年呀，所以我便留下來。

中間當然有回去台灣過，可是卓也晴卻好巧不巧被公司外派出國一年，這四年來我們只有視訊過，每年的白色情人節我都會透過視訊再次告白，他總是在螢幕那頭笑了下罷了。

這好像變成我的例行公事，只是我回國的時間一延再延，今年年初就收到他的喜帖，然後無論我怎麼打電話，卓也晴和雲朵姊都不接。

最後我打給爸爸，哭著問是怎麼回事，爸爸支支吾吾地說：「人家在這邊每天見面，當然日久生情，而且妳確定卓也晴有把妳當對象過嗎？」

真的夠狠，讓我非常生氣。

我原本不想回來的啊！不想的！我為什麼要參加！

可是再怎麼樣都是雲朵姊……都是卓也晴……但是怎麼可以，怎麼能挑屬於我們的白色情人節這天！

「妳可以再次告白呀。」白熊聳肩，比了一下飛機窗外頭地面的燈。「我們到台灣了。」

「我才不要。」我哼了聲，有回來參加就已經是我最大、最大的誠意了，可是……「我覺得我會崩潰。」

「妳不會崩潰的。」白熊勾起笑容，「妳的記憶力不太好呢。」

「應該是很好吧，和也晴哥過去的小細節我都記得。」我貼緊椅背，等待降落。

「只限卓也晴的事情呀，妳居然對我沒半點印象嗎？」他又說。

「我是覺得你很面熟，可是我想不起……」我一頓，看著此刻他的側臉，這瞬間我覺得自己好像看過他，在某個地方，他身邊還有另一個人……

是放在雲朵姊房間的合照，一個男人側著臉和雲朵姊相視而笑的照片，背景是日本神社。

我瞪大眼睛，「白白？」

白熊只是一笑，沒有回應。

飛機發出巨大的引擎聲音，預備降落，輪胎在跑道上用力頓了下，接著開始煞停。

「你是白白？雲朵姊以前的男友？」我收拾急忙穿上鞋子，拿起背包。

「不是以前。」他也拿起自己的背包，往飛機出口走去。

「不是以前？可是雲朵姊都要結婚了！」我在後面跟了上去，「難道你是回來搶婚的？」

「不是，剛不是說了嗎？我是回來結婚的。」白熊大手將我往前推，「我和雲朵談了幾年遠距離戀愛，終於決定要結婚了。」

「可是、可是……」我手上的喜帖是怎麼回事？

「我在美國唯一的任務，就是監督妳有沒有亂來，以及這一趟有沒有搭上飛機，難道除了『白白』以外，妳對我沒有其他印象嗎？雖然不同棟，但我們是同一所大學耶，我時常在學生餐廳看見妳啊，妳還曾經來過我辦公室找其他助教。」

「我沒有注意……」我總是低著頭忙自己的論文，下課了也匆匆趕去企業實習。

「是呀，所以我跟雲朵說根本不需要擔心，妳的生活超級無聊。」過了快速通關，來到行李領取處，我還是搞不清楚是怎麼回事。

「這是什麼意思，所以我手上的喜帖是假的？還是說你在騙我？」

他接過我手中的行李，對著前方的門比著。「誰在騙人，妳出去就知道了。」

我看著出關處，覺得一切很不真實，彷彿能聽到外頭的躁動，我不安地看了白熊一眼，他催促著說：「快去啊。」

踏出腳步，自動門開啟，外頭是一片光亮。

我看見了一群熟悉的人站在接機處，排得滿滿地像是迎接什麼明星一樣，但仔細一瞧，那些都是我曾經的朋友、同學，還有雲朵姊？

「沈小雨！好慢啊！」雲朵姊大喊，那群人手裡拿著的紅布忽然展開，寫著：「嫁給我。」

「這是……」我一愣，前方卻站著卓也晴。

他帶著有些害羞的微笑，手裡捧著鮮花，西裝筆挺地朝我走來，這是怎麼回事？我腦子還沒反應過來，他已經來到我的面前。

「我等太久了。」他說，忽然單膝下跪。「跳過交往，直接結婚妳覺得怎樣？」

「我這是在作夢嗎？」我掉下眼淚，眼前這一切都像是我的幻想。「那喜帖是怎麼回事？」

「妳一直不回來，我只能用這一招了。」他聳肩，打開了戒指盒。「這一次白色情人節，換我來說了，我喜歡妳，嫁給我吧。」

我摀住自己的臉，哭了起來。

「我腳有點痠。」他還有空搞笑，我喜歡他這二十年來這麼辛苦，哪能輕易就饒過他呀。

「為什麼喜歡我？太不合理了，明明一直把我當小孩子，怎麼這麼突然就喜歡我呢？」

「欸，妳要我在這邊說？」卓也晴還處於半跪姿勢，來來往往的人潮也不少，眾目睽睽的情況下，我就是要他說出羞恥地發現自己心情的過程。

「對，我要聽。」我露出狡詐的笑容。

「一直以來說喜歡我的小女孩忽然變成了女人，從會哭會鬧變成說祝我幸福，然後又瀟灑地離去，在小鳥點出我的心意前，我一直都沒發現……或許我也從很早就開始喜歡妳，才會容忍這樣一個小麻煩在我身邊吧。」

「這是真的喔，卓也晴以前對我不知道多兇。」雲朵姊站在白熊身邊，朝著我們喊。

「啊，對我們也是啊，一察覺我們『似乎喜歡』他，就馬上不跟我們當朋友耶。」幾個當年的姊姊接著說。

「哎呀，我就說怎麼會一直把那小鬼帶在身邊，果然是真的要十年養成。」另一些哥哥們說。

「你們，安靜一點。」卓也晴紅起臉來，這麼多年，他第一次臉紅。「所以，妳的回答呢？」

「你二十年前就該知道了。」我破涕為笑，彎下腰與他擁抱。
那閃亮的戒指套到我的無名指上，我二十年的暗戀，終於如同這戒指般，找到了歸途。

The End

不留遺憾

／ 苓菁

我可能只有一個月的時間。

看著鍋子裡的巧克力，我細細地攪拌著，隔水加熱對新手而言是最保險的方式，如此便能不使巧克力過熱或燒焦，看著巧克力差不多都融化後，我謹慎地關閉爐火。

模具已備妥，我細心地把巧克力倒進模具裡，希望能做出一顆顆完美的巧克力糖。

愛心模具是個好發明，這個形狀可以替人說出許多不敢說的事。

擱在窗台上的手機傳來連續訊息，我點開看著，果然是雅琦傳來的「災難現場」，她的巧克力醬焦黑地黏在奶鍋底下，廚房一片混亂，宛如大戰過後。

我笑了笑，早就教她要隔水加熱了啊！

但我暫時不回，得先把巧克力都倒入模再說，我知道等會兒電話就會響了，所以我速度得加快。

仔細地將巧克力倒入模具中，螢幕開始閃爍，不過我早已調成無聲，就是為了暫時不被打擾……偶爾我也想把自己放在第一位。

巧克力入模，我輕輕敲了敲模具，將巧克力敲平，再好整以暇地把它們放進冰箱中，接著從容地把鍋具置於水槽後，看著Line顯示連續十通的來電訊息，不由得嘆了口氣！雅琦總是這樣急性子，不接電話就來個奪命連環 Call。

「喂！」我沒好氣地接起來，「我洗澡啊小姐！」

我說謊了。

「啊啊啊！我想說妳幹嘛已讀不回，還不接我電話！」雅琦在電話那頭帶著責備的哀鳴，「怎麼辦啦！我的巧克力！」

「我不是早說要隔水加熱了嗎？我們這種跟廚房不熟的，不能貿然用鍋子加熱，會焦掉啦！都沒在聽！」我耐心地指導著，「我給妳的網站看了沒？」

「我不想看！」雅琦一如往常地撒嬌，「妳不是都看了？一步步教我嘛！」

我笑了起來，雅琦個性就是這樣，任性嬌縱，但其實她心腸很好，熱情陽光，也沒有惡意，了解她的話，就不會在意她這些小舉動。

我？我當然了解她，我們不但從小一起長大，還是鄰居呢！我正走向窗台，剛剛在廚房我都能聽見那傢伙的聲音在社區裡迴盪了！

唰啦，玻璃門滑軌的聲音才響起，果然聽見隔壁女孩嚷嚷。

「快點救我啦！」雅琦趴在窗台上，一臉可憐兮兮的樣子

「先拿一個大鍋煮水，再拿另一個乾淨無水的鍋子，放進妳的巧克力。」

我開始實地教學了。

只見雅琦露出一臉燦爛安心的笑容，即刻返身衝入屋內，她的手機沒掛掉，我能一邊聽見她那兒的動靜，跟間雜的尖叫聲；天氣很冷，我進屋拿了件薄毯圍上，再走上陽台邊等待。

滑著手機，調出相簿裡的照片，看起來隨興的照片裡，其實都有個重複的男孩。

雅琦再次衝回來，滑壘衝出的她還撞上欄杆才停下。「在融了！」

「妳要去顧著爐子啊！等都融化成液體後要立即離爐，巧克力鍋裡千萬不能碰到水喔！」我緊張地交代。

「好！」她雙眼晶亮的信心滿滿，「我愛死妳了！筠卉！」

她邊說還邊朝空中不吝惜地拋了好幾個飛吻，再衝回屋子裡，我還能聽見吳媽媽在裡頭喊著叫她要小心，不要橫衝直撞。

唉，我的苦笑凝在嘴角，看著停在半空中的飛吻們，早晚雅琦應該會後悔說出剛剛那些話吧？

我低頭看著手機裡的照片，照片停在一張雅琦甜笑的照片上，她的背後有好幾個男孩，其中最顯眼……或是在我眼中最顯眼的那位，正在與別的同學談笑，雅琦也把男孩截圖下來，放在了自己的手機桌面上。

他是隔壁班的羅彥誠，設計社的社長，而我與雅琦也是同一個社團的成員。

在雅琦的世界裡，她是因為喜歡羅彥誠才會跟著加入她根本不感興趣的設計社，而我是她形影不離的閨密，自然一起入社。

但是在我的世界裡，有著不一樣的角度。

我的確跟雅琦非常要好，念同一所學校、同一個班都是自然，因為從有意識以來，我們情同姊妹的形影不離；但是我真心喜歡美術與設計，設計社一開始就是我的首選，而羅彥誠的存在是大加分，讓我毫不猶豫。

我不知道雅琦是否記得我的興趣與喜好，但神經大條的她其實不太會在意周遭，她能注意到自己的事並處理好就很了不起了，要她多留意其他未免太為難……所以，她應該也不知道我的另一個喜好。

例如，對異性的喜好。

放大照片，我也是會不停看著羅彥誠照片的人，因為我也喜歡他。

只是沒有人知道。

「唉……」我仰頭向天，吐出了一口低溫潮濕下才會有的白色霧氣，即使今天只有十三度，我還是很享受這樣的濕冷。

手機那邊的聲音靜了下來，雅琦已經進入倒巧克力的階段了，我先進入家裡，今晚爸媽都不在，因為奶奶突然送急診，他們連夜開車回去，家中只剩我一個人。

我回到房間，開始準備包裝盒與卡片，這些都是我精心挑選，是他喜歡的顏色與樣式。

有張照片壓在我書桌的桌墊下，是去年社團展時的合照，雅琦緊挨在羅彥誠身邊，我自然站在雅琦旁，雖然不是「他」的身旁，但是距離這麼近，還是讓我開心了好幾天。

其實我跟羅彥誠一直都有交集，大家都是同個社團又同年級，只是我始終扮演「雅琦閨密」的角色，我個性比較悶，也不像雅琦明豔活潑，尤其她去年聖誕節時大方的到隔壁班送羅彥誠聖誕禮物，還直接在走廊上告白，瞬間傳遍全校！

好羨慕吶！我回憶著當時的場景，只覺歷歷在目，傻在門口的羅彥誠，手上才接過那盒蛋糕根本來不及反應，雅琦用炙熱的眼神看著他，緋紅著雙頰，走廊上圍滿了人，所有人都被她的大膽嚇到了。

而我啊，就站在雅琦身邊，逼著自己笑……雖然那是我最傷心的一天。

「我也喜歡他啊……」我拿起筆，做了一個深呼吸。

明天是二月十四號情人節，我要把心裡的話告訴他，不管這個告白會不會成功，我就是要說出自己的想法！所以我親手做了巧克力，挑了他喜歡的包裝紙風格，再加上這張充滿心意的卡片，我要讓羅彥誠知道，喜歡他的不是只有雅琦。

從聖誕節至今近一個半月，雅琦的攻勢不曾稍減，她公開示愛後表現得非常大膽，人前人後都黏著羅彥誠，每天我們都跟他一起吃中餐，羅彥誠並沒有拒絕，大家就像平時……噢，比平常多了點尷尬的相處。

不過羅彥誠沒有推開雅琦，但也沒接受她，現在就處於一種……曖昧時期吧？

不過這陣子的曖昧，卻給了我一個希望，那就是羅彥誠可能並不是那麼喜歡雅琦，至少不如她對他的熱情；或許他們正試著透過相處去建立情感，漸漸進入一種友達以上、戀人未滿的狀態。

我知道、雅琦知道、全世界都知道，多少人都戲稱雅琦是羅彥誠的女友了，只是他本人沒鬆口罷了！

情人節，剛好是個完美的日子，雅琦篤定了要再次正式告白，希望能跟羅彥誠交往，所以才會這麼重視這個手作巧克力，要把心意傳達給羅彥誠，然後靜待三月十四日，男生的回覆。

我將緞帶穿過卡片，事前工作準備就緒時，手機又響了。

「好了嗎？」我再走回陽台上。

「好了！大功告成！」對面的女孩笑得跟花一樣美麗，「沒有妳我真的不知道該怎麼辦！」

我笑了起來，「沒有我妳也能很好的！」

「才不！沒有妳我什麼事都做不了的！我沒辦法追到羅彥誠，連巧克力都做不好！」雅琦愛嬌地說，臉上還沾了巧克力。「欸，妳說羅彥誠到底喜不喜歡我啊？」

「我不知道。」我也只能這樣說，因為我不想去探討他喜歡雅琦的可能性。

「明天我送他巧克力時，妳要陪我去喔！」雅琦搓著發冷的雙手，「再幫我神助攻！」

「我能助什麼攻啦！」我婉拒，但我知道她聽不出來。

「反正說好的！妳一定要幫我追到羅彥誠！」雅琦露出一副「我不管」的模樣，臉上洋溢著期待與雀躍。

是啊，這真的是說好的，聖誕節她無預警告白後，就拉著我的手，讓我一定要幫她，攻下羅彥誠！這就是為什麼她追羅彥誠，中午吃飯卻是我們三個人一起吃的原因了。

「妳都在發抖了，快進去吧，我也要睡了！」我拉緊薄毯，「晚安！」

「晚安！」雅琦依舊燦爛地笑著，雙眼裡冒著愛心，「謝謝妳！」

聖誕節告白後，雅琦說她真的好喜歡、好喜歡他，如果能成為他的女朋友，那一定是世界上最幸福的事！

我答應了，對，因為我不知道我能怎麼反應。

我沒有立即進屋，反而目送著雅琦進屋，因為我知道這可能是我能看見的，雅琦最後如此信任的燦爛笑容。

首先，我沒有跟任何人、包括雅琦說過我喜歡羅彥誠的事，我不若她的明快大膽，喜歡一個人這種事我是放在心底的，我不認為需要對外宣揚；其次，我只想把這份愛戀藏著，順其自然，如果有機會……能有進一步的機會再說吧。

誰知道，雅琦就這麼突然公告周知了，她先告白，羅彥誠也沒有拒絕，在世俗的觀念與情緒勒索下，身為好朋友的我，不能、也不應該再去搶閨密喜歡的男人，對吧？所以我必須強迫自己在感情上煞車、不允許再去喜歡羅彥誠，因為我必須成全雅琦。

我是真的這麼想，而且我打賭拿這件事去問全世界的男男女女，大家的答案都會一樣：明知道好友喜歡的人，怎麼可以去碰？

是啊，我也曾是被這種道德綁架的人之一，就因為雅琦喜歡，我就不能喜歡了！因為她先告白了、因為我知道她喜歡羅彥誠，我就必須要割捨自己的情感，我甚至不知道為什麼會有這種規則？

但我後悔了。

我進屋將玻璃門鎖好，再次仔細檢查門窗，走回廚房清洗剛剛的鍋具，水龍頭流出的水如此冰冷，我想明天開始這將是我要過的日子，縱使如履薄冰，我也將心甘情願。

我要爭取我想要的東西，我沒跟雅琦搶什麼，他們並不是情人不是嗎？

但說實話，今天就算他們在一起了，我還是會放手一搏。

人生很短，我不想再後悔了。

□

今天學校裡瀰漫粉紅氣息，每班的女孩都準備各式各樣的巧克力，而且這簡直是另類的廚藝及財力大比拚，財力雄厚的人直接訂作奢華巧克力組，但更多的細心女孩都覺得手作才暖心，所以大家紛紛使出渾身解數，製作不同模樣的巧克力。

說穿了，手作巧克力就是把材料融化後重新灌模，所以模具的選擇與包裝才是比拚的主項目。

我們學校一向有巧克力傳情的活動，而且這是直接由學生會主辦，每年的二月十四日這天，第二節下課時間會延長五分鐘，總長達十五分，這便是全校的傳情時刻。

在這時全校同步贈送巧克力，女孩子一點兒都不必怕丟臉，因為男孩們一定會收，關鍵在三月十四日這天是否會回禮，那才是決定了是否心意互通。

真正害羞的人當然也能私下送，不過因為許多朋友之間也會送，這其實就像個嘉年華活動，像班上的小橘，她今天還直接拉行李箱來學校，裡面放了滿滿的巧克力，除了大方送全班每人一包巧克力之外——

「來喔！一年一度的情人節千萬不要錯過了喔！」小橘直接跟第一排靠窗的同學換座位，窗戶一打開，牌子朝外頭一放，瞬間成了攤子。「友情巧克力一包三十、好友巧克力五十，情人巧克力按包裝精美程度收費！」

窗台上擺了好幾個樣品，瞬間吸引了一堆人過來。

雅琦好奇地跑過去看了又跑回來，手上已經帶回一包藍銀閃閃的巧克力了。

「筠卉！送妳！」雅琦遞來了巧克力，我一怔。

「咦？」我接了過來，「怎麼突然……」

「小橘的姊姊在做巧克力啊，記得吧？」雅琦一屁股坐到我面前的空位上，「之前就聽她說在做網路販售，這是橘香巧克力耶，祝妳情人節快樂！」

「謝謝……」我立即起身，「妳等我喔！」

「嘿……」雅琦趴在我桌上等著，我趕緊跑去小橘攤上張望。

同班的好處就是不必在走廊上跟別人擠，直接在教室裡挑就好，早自習前的打掃時間有二十分鐘，有空的人都跑來買了，我看小橘一個行李箱根本備不了多少貨，重點是外面牌子上的 QR Code，幫她姊姊宣傳。

挑了包草莓巧克力，雅琦喜歡這個。

「小橘，五十。」我掏出錢擱在她桌上。

「噢，好！」小橘隨口應著，她生意忙得很沒空理我。

我拿著巧克力才一抬頭，卻看見窗外站著的正是羅彥誠，他手上也挑了包包裝精美的巧克力，銀粉包裝紙，還繫了一個愛心小卡，小橘開價一百，那是情人節巧克力。

他看著我微笑頷首，我「嗨」了聲，帶著草莓巧克力走回座位去。

「登愣！情人節快樂！」我擱到雅琦面前。

「嘿！草莓的！我就知道妳記得我愛吃草莓！」雅琦開心得跟孩子似的。

但是妳卻不記得我不是很愛吃橘子吶！我喜歡的是苦的巧克力啊！

早自習的鐘聲響起前，小橘早就收攤了，導師走進教室只是讓我們看書，今天這特殊日子學校非常貼心地沒安排考試，反正大家一顆心也不在這兒。

在第二堂下課前，雅琦的紙條傳了過來，提醒我下課要記得陪她去送情人巧克力。

我折好紙條收妥，低首看了我抽屜裡的另一包巧克力……放心好了，我不會跑的。

第二節下課鐘聲一響，全校跟瘋了似的，女孩們整理好儀容，帶著巧克力，紛紛去找自己心儀的對象，當然也有人拎著一大袋當散財童子，散播歡樂散播愛，跟小橘一樣。

而我，拿著我親手做的巧克力，陪著雅琦走到了隔壁班。

「羅彥誠！你女朋友來了！」隔壁的男生一瞧見雅琪就大喊。

雅琪緊張地站在門口，一雙手捧著她做的巧克力，她用個盒子裝妥，裹上金光閃閃的愛心包裝紙，回頭看著我像是想需要一份鼓勵，又深怕錯過地朝教室裡看向走出來的羅彥誠。

很有趣的是，雅琪從頭到尾沒有問起我手裡拿的巧克力。

或許她沒看到，或許她沒注意，因為她現在一顆心都在羅彥誠身上。

「情人節快樂！」雅琪大方地送上巧克力，羅彥誠一臉不意外地接過了。

「謝謝妳。」他溫和地說著，他有副低沉又帶著點沙啞的性感嗓音。

「嗯……我親手做的喔！」雅琪仰著頭認真地說，「我很期待，三月十四可以收到你的回禮。」

羅彥誠就「嗯」了一聲，靦腆地低下頭，但嘴角掩不住笑。

「我等太久了，從聖誕節等到現在……不過，你應該開始喜歡我了吧？」雅琪打趣地看著他，「還要再等一個月真的很折磨，如果你現在可以回覆我的話更好！」

「咦？」羅彥誠嚇了一跳，大概沒想到雅琪會這麼直接，登時滿臉通紅！

「哇……」圍觀的同學們開始起鬨，「在一起、在一起，回答她！」

「羅彥誠！都兩個月了！快點做決定了吧！男生還這麼婆婆媽媽！」

「對啊，還要讓她再等一個月太久了啦！你們這兩個月不是天天在一起！」

羅彥誠低著頭，臉益發的漲紅，連耳朵都染上了紅色，我看得出他非常緊張，相當侷促不安！

「對啊！先回答她，三月十四照送啊！」

「在一起、在一起、在一起、在一起——」圍觀的人突然極有默契，異口同聲帶著節奏高喊加擊掌，身為主角的羅彥誠與雅琦羞怯地站在中間。

一個是滿懷期待，一個卻是尷尬不已，但是羅彥誠卻還是略抬下巴，看向了雅琦。

「我……」

「我喜歡你。」

我的聲音其實不是那種響亮型的，總是溫柔沉悶，跟我的人一樣，但即使這麼小聲的聲音，也足以讓一秒前的熱鬧戛然而止。

整條走廊鴉雀無聲，剛剛起鬨「在一起」的聲響頓時消失，我可以感受到右手邊的雅琦正驚愕地看向我。

「我喜歡你，羅彥誠。」我舉著手上的巧克力，「這是我親手做的巧克力。」

羅彥誠真的是愣住了，我相信傻掉的不只是他，應該是所有人。

那個跟在雅琦身邊的女孩，怎麼突然間跟羅彥誠告白了？她們不是從小一起長大的嗎？不是閨密嗎？結果居然是個綠茶婊！

「不收嗎？」我再把巧克力遞前了一點。

「啊……不！不是！」羅彥誠是嚇到了，但他趕緊接過了巧克力，好半晌才擠出了謝謝兩個字。

「我也期待三月十四能得到你的回覆。」我自然地說著，「我這一個月會努力讓你看見我的。」

我禮貌地行禮，轉身走向了自己的教室。

我甩下了雅琦，我第一次沒有牽起她的手，肩並著肩在這條走廊上行走。

我也知道，從剛剛那一刻開始，我再也不可能跟她並肩一起走在任何地方了。

□

「路筠卉！妳什麼意思！」

我才進入教室，雅琦果然追了過來，此時的我正在接受全班如刀割般的注目禮，身後便是那氣急敗壞的怒吼。

我回首，站在前門的雅琦一臉盛怒。

「我也喜歡羅彥誠。」我淡淡地回應著，「所以我送他巧克力啊。」

「什麼叫妳喜歡羅彥誠！」她衝進來，不客氣地抓過我的手臂。「喜歡他的人是我！妳是在……跟我搶男人嗎？」

箝在我上臂的力道很大，她果然很生氣。

「他並不是妳的男朋友吧？你們還沒交往不是嗎？」我冷靜地望著她，「我覺得……這叫公平競爭。」

「公平……誰跟妳公平競爭啊！」雅琦推開了我，「妳明知道我喜歡他，妳跳出來什麼意思！而且妳突然說喜歡他是怎樣？妳答應過要幫我追他的啊！」

「我只是沒有說出口而已，但我很久以前就喜歡他了……或許，妳也可以想成在這兩個月的相處中，我一樣喜歡上他了。」我試圖簡化這個概念，反正橫豎她都聽不進去，理由的真實與否不重要。

「妳……喜歡——是我先喜歡她的！妳怎麼可以這麼婊！」雅琦尖叫起來，「妳還在那邊假惺惺地教我做巧克力？教我怎麼讓他有好感——昨天妳還跟我說加油！」

「我是真心的啊，我剛說這是公平競爭，我們一起加油啊！」我不明白哪裡有錯，我並沒有在嘲諷她。

「啊啊……呀——」雅琦歇斯底里般的尖叫著，「妳太過分了！路筠卉！」她哭了，雅琦帶著淚水與尖叫聲，跟電視劇演的一樣，轉身衝出了教室；小橘跟幾個女生愣了兩秒，先用一種鄙夷的目光瞪著我，然後也追了出去。

呼，我嘆了口氣，情況跟我想像的差不多。

回過身，同學都用嫌惡的眼神看著我，我知道這只是開始，接下來的日子我不會太好過。

但我求無愧於心，我不欠雅琦什麼。

打鐵趁熱，我晚上回家後連夜做了個蛋糕，但沒有用浮誇的心形盒子，就是一個小小的早餐蛋糕，上頭放了冬季的時令草莓，看起來小巧可愛；連羅彥誠班上的人都在瞪著我，我在攻擊力十足的目光下，順利地把蛋糕交到他手上。

羅彥誠笑著道謝，還說蛋糕好可愛。

就衝著他的讚美，我的心都快飛上天了，踩著輕快的步伐回到教室，重點在於——他沒有拒絕！

「路筠卉！妳這樣是不是太過分了！」小橘果然開了第一槍，「妳們是閨密耶！還真的都歸 Me 喔！」

我還沒走回位置上呢，溫和地朝著小橘笑。「為什麼我會過分？他們又沒交往？甚至連情人都不算，羅彥誠還是單身啊！」

「不是……話不是這麼說啊！妳明知道雅琦喜歡羅彥誠，全校都知道吧，她聖誕告白那麼熱烈，而且這些日子以來不是已經很曖昧了？」

「是啊，再曖昧，就還沒交往不是嗎？」我實在不懂這邏輯，「所以因為雅琦喜歡，我就不能喜歡了嗎？」

幾個同學張口欲言，卻又不知道該說什麼。

「拜託，這是道義上的問題。」班上一個很酷的義氣女孩開了口，「她是妳閨密，妳們還一起長大耶，妳明知道事情會搞成這樣，我們一般都會選擇不說，反正也沒交往啊，就默默地收起感情，很快就忘了，然後好好祝福雅琦，難道一起長大的友誼贏不過一個男人嗎？」

「那妳為什麼不去對雅琦這麼說？」我嚴肅地看向女孩，「為什麼是我退讓？難道我跟她的友誼，贏不過一個男人？」

「厚！」同學扶額，「路筠卉，凡事都有先來後到的！」

「這不是郵局辦事，這是感情。」我打斷了她們根本薄弱站不住腳的理由，「我說白了，今天就算他們交往了，我還是會去告白，我還是會向羅彥誠表明我的心意。」

現場倒抽一口氣，每個人都瞠目結舌地看向我。

「路筠卉，妳平常看起來很悶，我不知道妳這麼綠茶耶！」

「她擺明就故意的啊，妳看就算雅琦他們在一起了，她還是想來拆散啊！」

「所以前面說這麼多根本廢話，妳就是鐵了心要爭！」

我用力地點頭，「為什麼不能爭？妳們也很奇怪，我向喜歡的男生表達心意錯了嗎？怎麼選擇是在他啊！」

「等等等等……妳少在那邊！」小橘接著說，「妳剛還拿親手做的蛋糕給他耶！妳這是在用行動表達好感耶！」

「對啊，不應該嗎？雅琦不是連續一個月以來都送他東西或拉他一起吃飯？」我微微一笑，「所以我不能對我喜歡的人……表示些什麼嗎？」

我聽到髒話從角落響起，是男生。

「幹！路筠卉，妳很賤耶！妳錯在就不該跟羅彥誠告白，剛就說是道義的問題，像我們兄弟間知道誰喜歡誰，沒人會去碰的！」

我看著阿達，他們是男生，這年紀的都喜歡稱兄道弟的哥兒們，我懂。他說的道義，我也明白，但無法理解的是，為什麼要因為這個犧牲自己的喜好。

這叫情緒勒索。

「道義，一點兒都不重要。」我做結論。

「那友情呢？」

我的右後方，傳來哽咽的聲音，我認得出那是雅琦的聲音。

幽幽回首，她雙眼通紅地站在後門，眼底依舊含著怒氣，我站了起身，朝著雅琦微笑。

「也很重要！兩個都很重要，兩個我都不想放。」

「妳太貪心了！」雅琦吼著，「妳不可能兩個都要，妳現在是在把我推開！」

「不。」我直接走向她，甚至伸出手。「只要妳願意，依舊可以握上這隻手……」

是妳不願意。

沒有道理雅琦兩個都想要是對的，而我都想要就是錯的吧？

其實如果早幾天我也是這麼想，如果班上有人做出跟我一樣的事，我也會去痛罵她沒有道義，我也會對她進行根本站不住腳的情緒勒索。

但是人生總是要遇到一點特殊的事情，才會體認到，許多事情必須牢牢掌握，千萬不要做讓自己後悔的事。

「賤貨！」雅琦恨恨地瞪著我，甩頭就走。

嗯，所以推開友情的人是誰？

□

晚上八點半，補習班裡湧出上了一天課的莘莘學子，雖然很多大人說學生時代是最幸福的時刻，但還沒出過社會的他們根本無法理解到底哪裡幸福？每天念書考試的都快崩潰了。

看著帥氣的男孩跟同學們一起朝捷運站走去，我即刻跟上。

腿長的人走路就是快，我得小跑步才能追上，羅彥誠很明顯地感受到我在他身邊的小跑步，他下意識地回頭看了一眼，當場愣住。

即使我戴著口罩跟帽兜，但我還是從他的眼神裡看見了驚喜。

他停下腳步。

「妳……」

「半小時，行嗎？」我稍微喘著氣。

他的同學也紛紛停下回頭，好奇地看過來，我不知道為什麼卻低下了頭。

「我遇到朋友了！你們先回去吧！」他朝同學說，接著看向我挑高了眉。

「哇喔，這真是驚喜！」

「不要是驚嚇就好了！」我打趣地說，「想吃什麼？剛下課應該很餓吧！」

「就麥當勞啊，最簡單！」羅彥誠朝旁邊一瞥，馬路對面果然就有家麥當勞。

「呃……」這跟我想的不一樣，因為這條路再往前走，明明有另一家炸雞店的。「我晚上沒吃，我想吃前面的炸雞店，也有漢堡。」

「喔，好，我沒問題！」他連忙點頭，但略顯慌亂。

「我自己出啦！」我笑著，邁開步伐。

「我又不是說這個……」他試圖想解釋，但最後一副算了的樣子。

我們兩個肩並著肩……噢，不，他至少高了我二十公分，很難並肩而行，但至少我感受得出他放慢步伐，配合我的短腿。

「那個……」好幾分鐘後，我們居然同時看向對方，同時開口。「呃……」

兩個人被這樣的默契嚇到，卻又變成一個字都說不出來，然後分別噗哧笑了起來。

「你先說。」「妳先說。」

又一次同步說話，我終於忍不住了。「這什麼啦！那我先說好了！」

羅彥誠掩著嘴偷笑，點了點頭。

「有嚇到嗎？我突然跑來找你？我不是變態喔，只是……」我聳了聳肩，「現在在學校想約你出來有點麻煩。」

「厚……厚……」他搖起頭，「妳要真敢來約我，我就佩服妳了！」

現在的我，在學校就是眾矢之的，活脫脫的綠茶婊啊，別說班上同學排擠我，好像全校女學生都同仇敵愾了！

「我是怕我去約你、反而害了你，你也不敢答應我吧！」這點我還是很有自知之明的。

「妳現在完全話題焦點啊，每天班上都在談論妳，一堆人要我擦亮眼睛，好好對待雅琦咧！」羅彥誠口吻裡盡顯無奈，「搞得我最近社團也沒去了。」

「噢對，這也是我要找你的理由之一啦，我不會再去社團了喔，期末展你們加油！」我趕忙解釋，「社團現在應該沒我容身之處了吧？」

羅彥誠明顯看著我，我假裝不知道地往前看，因為我選擇這麼做並不是開玩笑的……發現他正看著我，我的心跳還是會加速。

終於走到快餐店前，羅彥誠禮貌地為我推開門。

「……妳就只是要來告訴我這件事？這傳 Line 就可以了吧？」他突然刻意把門收回了點，準備進店的我有種彷彿在他懷中的錯覺。

我被突然收攏的門嚇了一跳，略微揚睫，還可以看見他在我肩旁的手臂……我的心跳變得更快了

說好的，對自己誠實喔，路筠卉。

「因為我想見你。」

羅彥誠戴著口罩，但是我看見他笑了。

在社團時其實都有接觸，就像朋友一樣，但告白之後很多東西都變了，我明白，但我不後悔。

我們在櫃檯點餐，羅彥誠點了雞塊餐，我是真的餓了，所以點了桶炸雞，

刻意點一桶跟他一起分享。

「加十元就有一球冰淇淋喔！都是我們自己手工做的冰淇淋！」店員熱情地推薦。

「喔……好啊！」我立即點頭，冬天吃冰別有一番風味。「你呢？」

「我也要！」羅彥誠即刻點頭，真的很少人不愛吃冰。

「那同學要什麼口味的？我推薦我們的柑橘口味喔，現在剛好是橘子的季節，我們的橘香水果冰淇淋非常好吃！」

呃……我張望著還有哪些口味時，左邊的男孩湊近了些。

「妳不是不愛吃橘子？我看它有花生口味的耶，妳喜歡花生啊！」羅彥誠指向了花生口味的牌子。

我嚇到了，我轉過去愣愣地看向他……他知道！

「我們花生也很濃郁喔！」老王店員繼續推薦。

「好，那就來花生的！」我心跳加速，覺得好大聲喔。「那你就吃巧克力的對吧？」

羅彥誠噗哧笑了出聲，「對啦，我很愛吃巧克力，但我也想試試他說的柑橘，我可以加購變兩球嗎？」

「沒問題唷！」

店員的手指在收銀機上發出答答的聲音，我卻掩不住笑意，這時好慶幸自己戴著口罩喔，這樣他就看不出來我在笑了！

天哪天哪！他不但知道我不吃柑橘類的東西，還知道我特愛吃花生！他知道！

我們一人拿著一盒冰淇淋先找位置坐下，店員等等會送餐，含進湯匙裡的花生冰淇淋時，我覺得這是全世界最好吃的冰淇淋！

「妳要吃嗎？我是指巧克力的部分。」羅彥誠突地把盒子遞過來。

「呃……好啊！」見他這麼大方，我也不想造作，直接挖了一口巧克力吃，順便遞上自己的花生。「喏。」

他自然地也挖起一勺，這冰真的超好吃的，我們兩個人就這麼面對面，沉浸在美食的幸福當中。

雖然我心底好想問他為什麼會知道我的喜好，但我覺現在問出來就太……太尷尬了！我想要保留這種淡淡粉色的美好，別戳破它啊！

餐點上桌，他見到一桶炸雞略微驚訝。

「妳吃得完啊！」

「吃不完。」我老實交代，「好吃的東西要分享才好吃啊！」

他看似無奈，卻像早看穿我的手法似的，將他的雞塊也打開來擱到中間，接著再把蜂蜜芥末醬扔給我，然後自個兒在那兒擠起番茄醬。

我絕對是看傻了，他該不會連我不吃番茄醬都知道吧？

手機亮起，他回傳了些訊息，便把手機收起。

「跟家裡說嗎？」我問著，我早就報備了。

「嗯，我說跟妳吃了東西再回去。」羅彥誠自然地拿起炸雞，「我就不客氣嘍！」

我沒回應，嘴上正咬著一塊炸雞皮不知道該不該鬆口……

「你說……跟我？」這用詞不尋常啊，一般都是說跟同學。

「啊，我哥知道妳！所以我直接說遇見妳，去吃炸雞。」羅彥誠說這話時，眼神有刻意地閃躲。

「噢，不會是說我壞話吧，怎麼你哥會知道我……啊！」我突然明白原因了，「是雅琦吧?那個跟著雅琦的路筠卉。」

「才不是！」羅彥誠否認，還有點生氣。「妳就是妳，雅琦是雅琦，我不會這樣形容人。」

面對他突然的嚴肅，我反而不知道怎麼答腔，默默地先把嘴上的雞肉給吞進去。

「上次的文宣跟整體設計是妳做的，我哥也覺得妳設計得很好，他是設計系的啦！」羅彥誠若無其事地解釋著，「妳眼睛不必瞪這麼大，我覺得有眼睛的都知道上次展覽文宣的部分，大部分是妳的手筆。」

我是真的愣住了，嚇到都挺直了背脊，因為羅彥誠說的那個文宣負責人是雅琦，我只是幫忙……好，我幫了主要的文案與設計，但那是小組進行的事，我沒料到他知道！

「那是團隊功勞啦！」我趕緊補充，我必須挖一口冰，因為我覺得好熱喔！

「對，團隊。」羅彥誠用敷衍態度說著，「我是社長！路筠卉，我知道那樣的文筆跟美感出自何人，雅琦沒那個能力！」

「她有。」我下意識地衝口而出，我不容許別人詆毀雅琦。「她只是——」

「懶，太過依賴，反正有路筠卉扛著。」羅彥誠再度打斷我的話，「或許她有吧，但我看不出來，我甚至不覺得她對設計有興趣，我都不知道她為什麼加入……」

說到一半，他自己想到了原因，臉色微微泛紅地拿雞塊塞進嘴裡。

「你知道了厚！」我笑了起來，「雅琦向來是個很有行動力的人。」

「嗯，我非常明白。」羅彥誠這句話帶了幾分無奈，因為告白之後，雅琦行動力相當驚人。「我的午餐時間幾乎都被她剝奪了，直到——」

指向我的手指瞬間收了回去，他好像意識到自己做了什麼不禮貌的舉動而略有心虛……因為上週我跟他告白後，我們午餐都各自吃，雅琦也沒去找他。

「那好像要感謝我厚？還給你清靜？」我失笑出聲，「你不像是不懂得拒絕的人啊，不想每天纏要說吧！」

「嗯……我還真的不太好意思說。」羅彥誠嘆了口氣，這嘆息中夾雜很多無奈。「她會把一點小事情弄得很大，我覺得如果拒絕她又沒處理好，會不會纏著我問為什麼、或是她要怎樣做、我才會覺得舒坦之類的……」

想到就煩！我從他的眉宇間讀到這樣的訊息。

「的確會，但她沒有惡意！她就是真的想知道該怎麼做，才不會給你造成負擔！」我的意見絕對中肯，「婉轉一點說，我覺得她是很明理的。」

「現在不需要了。」羅彥誠淡淡地笑著，「我好久沒跟同學一起吃了。」

我拿起雞塊蘸取蜂蜜芥末，「她是真的很喜歡你！」

我說這話很奇怪，像助攻似的，但雅琦真的也很喜歡羅彥誠，高二之後我們的話題中幾乎都有他。

羅彥誠又露出羞赧的神情，他害羞時真的超可愛的，我都會忍不住一直看。

我們又聊了其他的事，主要因為我接下來不可能再去社團，但我手上的事還是要交出去，我覺得雅琦也不會接，只好跟羅彥誠交代清楚，期末我們社團照樣有個大展，我們得慶幸現在才學期初，要交接還來得及。

「妳不在我覺得很可惜，很多事有妳處理我比較安心啊！」羅彥誠無奈地看著我，「妳為什麼這麼做？」

「什麼？」

「突然向我告白。」羅彥誠試探般的望著我，「妳跟雅琦之間……故意氣她嗎？」

「沒有這麼複雜，我不會拿感情的事開玩笑，我只是不想後悔。」我鄭重地回應，「我是真的喜歡你。」

羅彥誠明顯倒抽一口氣，不是不耐煩，而是一種緊張，他為此湊到一旁用嘴吸了幾大口可樂，都沒敢瞥我一眼，可是我從他通紅的耳朵讀出了所有。

我覺得呢，被人家喜歡，都會很開心的，總是有種優越感嘛！

「謝謝。」他有點尷尬地回應。

「所以我會繼續跟雅琦之前一樣，盡可能吸引你注意喔！」我直接公開戰術，「我希望白色情人節那天，可以收到你的回禮。」

羅彥誠張大了嘴，一副驚訝又恐慌的神色，像是嚇到似的！

「不是啦！我不會像她那樣誇張啦！而且我也不太適……」我趕忙解釋補強。

現在是眾矢之的的我，如果每天纏著他吃飯，我可能會被私下霸凌到很慘。

「我知道妳不會，妳不是那樣的人！」他突然給予極度正面評價，「我只是對於妳突然這麼……大方很詫異，因為從前妳都只是幫著雅琦，很安靜地在她旁邊。」

「我喜歡你很久了，我沒說，就是因為雅琦喜歡你，所以我跟大家嘴裡講的一樣，覺得我要隱藏自己的感情，放棄自己的喜好去成全她……可是為什麼呢？」我眼神放得很遠很遠，「我突然……想要把每一天都過成人生中的最後一天。」

不想要有任何後悔的餘地。

「但現在妳不好過吧？所以每個人都在攻擊妳，我每天都接收難聽的字眼，現在連我的交友狀況大家都要干涉了！」

「啊……對不起。」我連忙道歉，「我帶給你麻煩了對吧？其實我想接近你也很難，在學校並不適合，又怕會給你壓力，所以我想……就這樣趁你補習完，偶爾見個面行嗎？」

羅彥誠咂了咂嘴，有點靦腆地笑了笑。

「我沒有什麼壓力的，妳別想太多。」他自然地聳了聳肩，「我跟雅琦又沒在交往對吧？我沒對不起誰。」

我驚愕地看著他，我心裡有好多套計畫的，如果羅彥誠也覺得我告白不對，我就要採取死纏爛打的策略，但是……他的反應卻親和得讓我覺得好開心。

「妳喜歡雅琦嗎……啊啊不要跟我說！」我問了又後悔，並不想聽見答案。

「給我一個機會，讓我努力這一個月！」

他竟笑了起來，「我都不討厭，但是我老實跟妳說，我現在不想談感情，我想考上大學後再說！我想考醫學院，沒有多餘的心力！」

「噢……所以你才一直沒回應雅琦。」以念書為主嗎？這果然很羅彥誠。

「但我會無視這個理由，我想要努力一下。」

「呵……妳跟雅琦果然是閨密。」他搖了搖頭，透露著莫可奈何。「我早跟她說過了，她也是說一樣的話，她希望努力到我喜歡她。」

我緊張地捏緊了手裡的可樂杯，「這樣……好像給你壓力了，在逼你？」

「也不會，如果真的喜歡，我會說喜歡的。」他處之泰然，「我只是不刻意追求，但我也不想去逃避，感情這種事就讓它順其自然嘛！」

我皺起眉，轉了轉眼珠子。「為什麼這說法聽起來有點渣啊？」

「拒絕也不行、不拒絕也不行，妳們女生才麻煩好嗎？」他嘖了一聲，「反正我阻止不了雅琦，我也阻止不了妳對吧！」

我綻開了燦爛的笑容，「絕對阻止不了。」

即使死亡，也阻止不了我。

難得的機會，我不想再聊學校的糟心事，所以我跟他聊了我們都喜歡的美術與設計，也聊了原本特展我想做的方向，有共同興趣真的很好，話匣子打開都不怕沒話題！

我們還聊到羅彥誠的哥哥打來催，叫他注意時間，別太晚回去，才趕緊離開炸雞店。

「這個給你哥吧，謝謝他的欣賞。」我把打包的炸雞盒遞給他，「我走這邊，我想去逛一下書店。」

「現在？」

「對啊！我記得附近不遠有一家！我的行事曆要用完了，想去隨便挑一本。」

「來不及了啦！」他看了看手機時間，「那間九點半就關了！一起走吧，我也好送妳。」

喔喔喔，我偷偷握拳，直想喊 Yes 的興奮，送耶，他說他送我，嘿嘿。

而且這樣感覺……像是一起回家呢！我真的再也忍不住地竊笑起來，肢體動作道盡了一切。

而羅彥誠則是一直轉向旁邊，像是刻意不看我似的，但是他臉從頭到尾都是通紅的。

快到捷運站前有個路口，一隻黑貓竟毫不怕生地站在轉角處，這景象讓我停下了腳步。

「怎麼？」羅彥誠走了幾步，瞧我沒跟上回頭問。

「喵——」那隻黑貓的雙眸似是定定地瞧著我，響亮的貓叫聲讓附近所有人都為之側目。

牠曾出現在我的夢中。

啊啊……一樣的場景，黑貓在路口朝我喵叫後，牠會在燈號轉成行人綠燈時，優雅地轉身離去，越過斑馬線後疾速消失在黑暗中。

「路筠卉？」羅彥誠擔憂地走回，「妳怎麼了？」

「噓……等我幾秒……」我眼神瞟向另一條車道，要轉綠燈了——現在！

那隻貓就在我面前，優雅地往左邊轉過身，踩著漂亮的貓步如行人般過馬路，踩上斑馬線後開始狂奔，一眨眼就消失在人群中了。

「妳怕貓？」羅彥誠有趣地做了結論。

「啊……沒！沒有啦！」他不會知道，這麼冷的天我竟冷汗直冒。「就是剛剛那幕，彷彿似曾相識。」

羅彥誠不解，我也沒多作解釋，這源於我先前作的一場惡夢，一場我恐懼會成真的惡夢。

「你要坐到哪站？」下樓梯時我順口問著。

「妳的下一站而已，我們同條線。」他自然地回應，「所以一起回去沒問題。」

咦？我真的在閘門外停下腳步。「為什麼？為什麼你知道我家住哪裡！」

他們沒有約著一起回家過，因為大家各自都要補習，也在不同的補習班，所以照理說不會知道對方家是哪一站下車！

「啊……入社時有填資料吧？反正我就是知道！」他說得好自然，但我一顆心都要跳出胸口了。

一直到車子啟動，我都有點暈陶陶，不知道為什麼，我心底有個很大膽的猜測——會不會，他不只注意雅琦一個人而已？

眼看著車子即將到站，我一顆心七上八下，我好想問……要怎麼問？

為什麼你知道我的喜好？為什麼知道我吃什麼不吃什麼？你是不是也留心過我？

好丟臉！萬一答案是否定的話，我豈不是無地自容了！為了要好好度過這個月，我不該先把場面弄僵對吧？

「妳的站到了。」他溫聲提醒。

「啊……好！」我站了起身，到口的話又給吞了回去。

捷運停下，門即將開啟，我揮手說了再見。

「路筠卉。」在我要轉身前，他突然站起身。「我很開心妳跟我告白。」

咦？咦？

我傻傻地走出了車廂外，聽著警示音響起，車門緩緩關上。

靠窗的他對我揮揮手，雙眼依然是彎彎笑著。

他很開心……他很開心？

「Yessssss！」我再也忍不住了，直接在月台上興奮地手舞足蹈起來。「萬歲！」

他沒有只看著雅琦！他一直都看得見我！我不只是雅琦的閨密！

萬歲！

□

今天我五點就起床了，我最近捨不得睡，異常珍惜每一分每一秒，晨起捧著熱水馬克杯，就坐在窗邊看外頭的霪雨霏霏到天明；今天天氣仍舊很差，冷氣團籠罩大地，氣溫只有十度。

『早安，今天很冷，出門小心！』

羅彥誠傳來訊息，我笑容實在藏不住！

從補習班攔截後，我們傳訊便頻繁起來，因為喜歡同樣的東西，所以根本不愁沒有話題，加上同是高三，連講學校的事都是共同話題，甚至因為聊得開了，羅彥誠也開始會跟我說些自個兒的事。

身為社長的他壓力其實很大，表面雖然嚴肅，但其實對於社員的很多表現都很崩潰，卻又說不得；還有家裡給他的壓力，醫學院是家裡半逼迫的，他是因為有能力所以想試試，但考試逼近，一切壓得他喘不過氣來。

我也只能安慰，多逗他開心，不然我也無法做些什麼。

早早梳洗完畢，拿起粉紅色的筆在今天的日期上畫上一個愛心。

「加油，路筠卉。」我闔上雙眼，幫自己加油打氣。

輕快地離開房間，早起的媽媽已經在廚房準備早餐了。「早，生日快樂！」

「謝謝！」我開心地回應，主動上前幫忙。「我來熱牛奶！」

「好！」媽媽看著我，欲言又止的模樣，轉身繼續忙手上的抹醬吐司。

我將杯子送進微波爐裡，連爸爸也都特地起早來祝我生日快樂，商量等放學後要去哪裡吃，慶祝一下。

他們當然知道我跟雅琦鬧翻的事了，這裡才多大？又是鄰居，總是好事不出門，壞事傳千里嘛！

「我沒事的！」我為爸爸倒了咖啡，「你們別擔心！晚餐我要吃牛排喔！還要買蛋糕！」

「好好好！難得生日，都隨妳！」媽媽笑著把吐司送來，「那要……叫雅琦來嗎？」

往年，我們是彼此生日會中不可或缺的同伴，但我笑著搖了搖頭，今年不需要了。

「她不會來的，不必自討沒趣，而且我們十六年來都一起過，她也該開始適應沒有我的日子了。」我大口咬下香酥的吐司夾蛋，「厚，超好吃的！」

「切，浮誇！」媽媽嘴上這樣說，但其實我知道她很開心。

爸爸望著我，他也是想講什麼但講不出口的模樣，接著與媽媽對視，他們知道我跟雅琦吵架，卻不知道該如何勸，還是該問什麼。

「事情會好的！你們什麼都不要擔心！」我堅定地看著他們，「我就是會好好地、快樂地過每一天！」

「妳真的快樂嗎？」媽媽驀地衝口而出。

我看向媽媽，突然站起身，上前抱住了媽媽！媽媽僵硬的身子嚇了好大一跳，因為我們家從來不是會有親暱舉動的家庭。

但是媽媽也只有遲疑兩秒，旋即回擁了我，掌心在我背上的輕拍，象徵著一種安撫，沒事、沒事。

「我很快樂也很幸福，我現在喜歡一個男生，我正在努力追求他喔！」我一股腦兒把所有事情都說了，「只是那個男生剛好雅琦也喜歡。」

「路筠卉！妳這樣叫……」爸爸擰起眉。

「我為什麼不能喜歡她喜歡的男孩，感情的事又不能控制，況且我才不要讓我的人生留有遺憾。」我肯定地打斷父親的話，轉頭笑看媽媽。「媽，我可以指定生日禮物嗎？」

「呃……可以啊！」媽媽被我突然轉換的話題嚇到了。

「我等等跟您說。」我坐下來，繼續品嚐我的早餐，今天起得早，我要慢慢地吃。

反正學校裡也沒什麼好氛圍。

隔壁的鐵門聲傳來，是雅琦出門了吧？最近為了跟我錯開，她都很早出門，我也會刻意確定她離開後再去學校，都在同一個班，要大眼瞪小眼的機會很多，不需要為彼此多製造尷尬的場面。

這或許會是我此生度過最孤單的生日吧？但我無所謂，因為我已經擁有很多快樂的生日回憶了……但是跟羅彥誠的回憶，才是我要把握跟創造的。

拎上書包進捷運時，我發送了早就打好的訊息給媽媽，我想要一份人壽保險，希望可以在能力範圍內，幫我買一份意外險之類的！還有家裡也要保個火險，以防萬一。

我知道媽媽會覺得很奇怪，但我會堅持要她幫我買下。

因為，我真的很怕夢境會成真。

事實上我已經把它當成真的了，所以我努力地過著每一天，為自己而活，我不希望有一絲的遺憾。

到校時我就迎來了詭異的目光，越靠近班上越覺得路人看我的眼神很怪，直到站在我自己桌邊時——我得費很大的勁，才能不讓自己笑出聲！

這麼幼稚的手法我以前也會玩嗎？他們在我桌上用粉筆寫些不堪入目的字眼，有人還放了包奠儀在我桌上，慶祝我冥誕嗎？希望裡面有錢耶！而我的椅子上被塗滿膠水，抽屜裡被撒滿了泥土。

我笑了，以前的我會覺得生氣或是誇張，但現在的我會一笑置之，真心覺得同學們好幼稚，為了別人的事情出頭、義憤填膺的，卻自以為正義。

我不是一夕之間長大了，我只是頓悟了。

我聳聳肩，聽著耳邊傳來的竊笑聲，承受著所有人的白眼與看好戲的態度，而我正在盤算著該怎麼表演出讓大家都滿意的反應呢？

我想得太專心，以至於沒聽見班上的驚呼聲。

「這太過分了吧？」

一隻大手突然拿起桌上的奠儀，我嚇了一大跳，抬頭後更是說不出話來！

羅彥誠站在我身邊！

「這誰做的？」他揚著手裡的奠儀朗聲喊著，「搞這種事，是在搞集體霸凌嗎？」

班上同學的表情應該跟我一樣驚愕，我腦子甚至無法運轉，他為什麼會跑進來？怎麼會站在我身邊……不對啊，他蹚這個渾水做什麼啊！

「天哪，是羅彥誠……他在護著路筠卉嗎？」

「他跑進來我們班做什麼？」

「他們兩個該不會在一起了吧？」

唉呀！我急得拉他的衣角，「你扯進這件事做什麼？你的身分最最不適合……」

砰！有人雙掌擊桌起身，椅子被推開的聲音打斷了我的話語，我越過羅彥誠往後看，果然是雅琦！

這下子誤會大了！

「你護著她？」雅琦的聲音都在顫抖。

羅彥誠看著我，接著深吸一口氣，揚著萁儀朝向雅琦。「這是妳做的嗎？」

「羅彥誠！」我的天哪！我的心臟都要停了，他現在在做什麼！

雅琦睜大不敢置信的眼睛，她快哭了！我認得她那神情，她等等就會哭出來的！

「是不是妳做的？」羅彥誠又大聲問了一遍，「今天不只是路筠卉，任何人我都會想護，我受夠了，你們這陣子霸凌她的還不夠嗎？現在從精神走向實體了？」

「……你心疼啊？」雅琦咬著牙，迸出了錯誤的問句。

她真的很喜歡羅彥誠，但是卻一點也不了解他……或者說也沒想過要了解他，她迷戀他俊朗的外貌與不凡的談吐，還有那些優異的表現，可是卻沒有想深入了解他的個性。

這句話真是踩在地雷上了。

「這跟心疼完全沒有關係，妳太狹隘了，腦子裡只有情感的事嗎？漠視是助長霸凌，學校每天都在講，我們任何人看到霸凌都該阻止，只是今天對象剛好是路筠卉。」羅彥誠語調依舊平穩，但我聽得出他每個字都在發怒。「我知道今天你們這樣對她，跟我們的事有關，無論怎樣，妳都知情而且漠視對吧！」

雅琦收緊下顎，忿忿地別過頭。「你期待我阻止嗎？」

「對，因為妳們一起長大，今天就為了這種無聊的事情——我甚至都沒有表態，我也不是妳的男朋友，吳雅琦！」羅彥誠捏緊了奠儀，「開這種玩笑真的太超過了，妳沒有為妳的閨密說話我也很失望。」

天哪！班上驚呼聲四起，我們班成了晨間主秀，走廊上聚滿看熱鬧的人，除了倒吸口氣的聲音外，全場鴉雀無聲，我尷尬地不知道該往哪裡跑。

「羅彥誠！她向你告白了！這也是閨密該做的嗎？」雅琦終於忍無可忍。

「所以只有妳可以向我告白，別人都不行嗎？」羅彥誠皺著眉，聲音卻低了八度。「我們班的女孩也不行，學妹也不行？還是全世界只有路筠卉不可以。」

我低下頭，羅彥誠果然什麼都明白，他已經說出了整件事的正確答案——全世界，只有我不可以向他告白。

淚水滑下雅琦的臉龐，她咬著唇轉身就衝了出去，我就說她會哭的！她現在一定衝到廁所去嚎啕大哭啊！小橘等人趕緊跟了上前，我是最不該去的人，我很認分。

「你幹嘛？」我忍不住低語抱怨。

羅彥誠沒說話，伸手幫我抬起整張桌子從後門走出，圍觀的人紛紛驚嘆，交頭接耳的從嗡嗡聲變成高談闊論，我的確應該離開現場！我只能默默跟在羅彥誠身後走，他直接把桌子抱到外頭的洗手台邊，再回他班上拿抹布過來幫我清洗。

我也沒有遲疑，將抽屜裡的書都先搬出來，裡頭滿滿的泥土中還夾帶著臭味，可能有人把貓狗的糞便也扔進來了吧？

早自習鐘聲暫時解救了我們，圍觀的人不得不回到班上，我們班導師走過來時，羅彥誠直接講述了剛剛的情況，沒有加油添醋，而是平鋪直敘的說明，但他強調霸凌兩個字。

導師的臉色不太好看，導師當然知道我跟雅琦的事，應該全校都知道吧？但這兩個星期來導師是採取睜一隻眼閉一隻眼，班上表象和諧就好，他只希望多一事不如少一事。

導師交代我弄好就進教室，他會跟同學告誡，我自然不置可否，真要做什麼，兩週前就做了。

「你是最不該介入的人。」我把書撥乾淨後，重新放回抽屜時悄聲地說。

「搞得大家真的覺得我們有什麼。」

「我跟妳、我跟雅琦都沒什麼，所以我才是最該介入的人。」羅彥誠板著一張臉，「這些事她一定都知道，卻坐視讓它發生？」

唉，蹲在抽屜前的我重重嘆氣，抬頭看著羅彥誠。「我背叛了她。」

羅彥誠擰乾抹布，唰啦帥氣地攤開，

「妳沒有。」

他甩頭就走，我有點欲哭無淚，他這麼一攪和，我不知道風向會怎麼轉，但我只知道先掉淚的人已經贏一半了，現在我坐實了綠茶心機婊的身分，而雅琦則是被閨密玩弄的無辜女了。

抱著桌子回到班上後沒多久，雅琦在其他同學陪同下也回來了，導師煞有介事的開始說教，講說同學之間有什麼要好好溝通跟解決，不能用霸凌處理。

這有多少效果我不知道，我只知道我有能力處理太過分的狀況就好了。

我回頭看向雅琦，她一雙哭紅的雙眼，她哭得非常非常傷心啊，但這樣的心結我真的無能為力，因為我也有喜歡人的權利啊。

因為羅彥誠的介入，我一整天都成了話題中心，下課還有人到班上外頭偷看我，我不想理，但是視線依舊從四面八方扎來，比平常更令人難受，討論的話題大概就是「我們是不是在一起了？」、「雅琦被甩了嗎？」之類的無聊八卦。

我只能找事做，還刻意把奠儀拿出來看了眼，裡面居然沒有錢，只有一張寫著「婊子去死」的字條，真沒誠意。

好不容易撐到午飯時間，從情人節之後我就不吃營養午餐，因為我怕、也確定有人會在我的營養午餐裡加料，一人吐一口口水我就噁心死了，所以最保險的方式就是自備。

『妳還好嗎？』

才剛敲完鐘，手機就傳來了訊息，我望著手機的樣子一定很傻，因為我在傻笑。

『很好，相安無事，可能是暴風雨前的寧靜吧？』

『一起吃飯？』

咦……咦咦咦！我定神看個仔細，想著會不會幾秒後被收回，他說句傳錯了之類，結果那四個字就這樣在螢幕上鑲著了。

『早上才那麼一齣，現在再一起吃飯會不會太……』做人好難，其實我多想立刻說好，直接到他班上去！

『雅琦從聖誕節過後，跟我吃飯兩個月了，跟妳吃飯算得了什麼嗎？

門口見。』

先生，雅琦跟你不是單獨吃啊，我們是三個人一起吃飯好嗎？這意義不同，時空也不一樣啊！

我遲疑著，大家已經在傳我們可能在一起的事，綠茶婊告白成功捷足先登之類的，我現在如果再去跟羅彥誠用餐的話……等等，為什麼我覺得羅彥誠做得有點刻意啊？

在告白之前，我都覺得自己像隱形人，現在我好像是鎂光燈下的焦點了！

「路筠卉。」前門驀地傳來羅彥誠的叫喚聲，我嚇得抬頭。

他帥氣地站在前門，頭一撇，就是叫我出去的意思，全班的頭是同時看向他，再倏地同步看向我，活像恐怖片咧！

我拎起午餐袋，從容地朝前門走去，刻意不多看雅琦一眼。

「喂，很多情耶羅彥誠！結果你跟路筠卉在一起喔！」世界永遠不缺嘴賤的人，「小三上位咧！」

「閨密就是都歸 Me！」

「誰是小三？吳雅琦又不是我女朋友！」羅彥誠聲如洪鐘的反駁，再頓了一頓。「路筠卉也不是，我們都只是朋友！」

走出去的我，還是忍不住看向了雅琦，她聽見「不是女朋友」那句時倏而抬頭，眼底裡寫滿了失望。

「那你就是在搞曖昧啦？」路過的男生皺眉嘲弄，「欸，事情都搞成這樣了……」

「關你屁事！」羅彥誠一句話嗆過去，「這是我的事，礙到誰了？你想追她們的誰嗎？去啊！」

唉呀！我趕忙把他往前推，此地不宜久留，再攪下去水只會越來越濁而已！我們很快地離開走廊，我們那棟樓，在操場邊找了偏僻處坐下來。

寒冬冷風中，很少有人會在走廊上用餐的。

「你犯不著為我的事變箭靶啦！」我抱著豆漿大口喝著，但我心裡頭是竊喜的。

「我也不是全為了妳啦，我每天聽那些攻擊真的聽煩了！一堆人憑什麼替我作主？」羅彥誠厭煩地唸著，「今天一上午大家都在說我護著妳太傷雅琦了，我……現在是有人喜歡我，我就一定要喜歡對方嗎？」

「因為你沒拒絕嘛。」我這說的是實話，「雅琦等了你兩個月，你沒拒絕，就表示……有希望吧。」

羅彥誠沉默了，他別開眼神先吃飯，我覺得他可能真的是有考量、或是正在試著喜歡雅琦吧。

「不說他們了，聽了就煩。」他把手裡的袋子遞過來，「這給妳。」

我看著腿上的袋子，非常狐疑。「怎麼啦，突然送我東西……」

「生日快樂。」

我觸及袋子的手彷彿被電到似的，他知道今天是我生日？我社群裡完全沒有寫生日啊，又是社團的資料表嗎？

「謝謝……」我話都說不完整了，這也太驚喜了吧！

制不住微顫的手，我拿出了袋子裡的禮物，禮物被非常妥善地包裝著，而且一看就是專業包裝，應該不是出自他的手。

「店家包的。」他先自首，「這種我不會，但包裝紙是我挑的喔！」

褐色牛皮紙包裝，非常有質感，我盡可能小心翼翼地撕開膠帶，雖然他在旁邊一直唸著撕開就好，但是……這是他第一次送我的禮物，我怎麼捨得撕開啦！

我連膠帶都要留下來！

隨著禮物浮現一角，我暗自倒抽一口氣，瞪圓雙眼看向身邊的男孩，我的臉上絕對寫著大大的驚嘆號！

那是一本新年的全新手札，橘色小牛皮，而且上面有著特殊鋼印……這是我之前在網路上看過的手札，但因為實在太貴了，所以我只是欣賞而已。

我像尊雕像一樣，呆呆地看著那本手札。

「為什麼……」我的視線稍稍模糊，我不知道為什麼淚腺突然分泌了液體。「你為什麼會知道……」

羅彥誠得意地笑了，他揚起嘴角，那迷人的酒窩浮現，眼神裡充滿了驕傲，彷彿在說：「我就知道妳會喜歡。」

「妳之前講過啊，跟其他人在聊天時，手機桌面就這個。」他伸手越過來，彈了那牛皮一下。「我就知道妳會喜歡。」

淚水盈滿眼眶，直接滾了下來，我緊緊捏著筆記本，我超超超喜歡！

不只是喜歡這本本子，不只是這個驚喜，而是因為羅彥誠知道我的生日、還記得我喜歡這個！

他是不是……早就注意著我呢？我能這樣想嗎？

「喂喂喂，妳怎麼突然哭了！」他慌張地不知道該怎麼辦，「我以為妳喜歡這個的！」

「我……我很喜歡，我超級喜歡的！」我哭著說，淚眼汪汪地看向他。「我是太感動了，你……你居然知道我喜歡這個！」

羅彥誠微微發愣，旋即泛起了笑容。

「搞什麼啊，喜極而泣喔！嘿，」他滿意地劃滿笑容，「這樣超有成就感的，不枉我還騙妳書店九點半關！」

什麼？我一怔，「嗄？」

「就我們補習班附近那間書店十一點才關，炸雞那晚妳說要去買我嚇死了，只好先誆妳，然後害我每天故意找妳聊天套話，就怕妳跑去買了！」羅彥誠還一副很苦惱的模樣，我卻聽出了弦外之音。

「你……很早就買了這個嗎？」我用力眨了眨眼，好把淚珠兒擠掉。

「嗯，去年就買了，我記得那天妳提過這是限量款吧？」他看著我的雙眼裡，帶著他可能都沒發現的寵溺。「我本來要聖誕節送的，但是……」

聖誕節？啊，雅琦是在那天向他告白的。

我緊緊捧著那本手札，十度的寒風怎麼一點都不冷，我現在覺得全身發燙，心跳加速、血液沸騰，我有種不得了的想法。

「你是不是，很早之前就注意我了？」

捏著那橘皮手札，我仰著頭看向他，我不想再去猜了，我什麼都想直接說！想要知道的答案，要問才能知道！

否則，他怎麼會知道我這麼多事？

羅彥誠沒有回應，他只是凝視著我，我們的距離其實很近……他伸手為我抹去睫毛上的淚珠，再抹掉臉龐上的淚，然後他的食指有意無意地觸及了我的唇。

我下意識顫了一下，但是我沒有躲。

接下來的事，也就不需要言語了，我看著他的睫毛近在眼前，唇上有股溫熱的柔軟，四唇相觸的瞬間，真的有種彷彿電流竄過的酥麻感。

好柔軟……我腦子只剩下這三個字，當他開始輕輕咬著我的唇瓣時，我連思考的能力都沒有了。

他搭上了我的肩頭，將我摟得更緊些，我早失去了方向感，我只知道正被人用手臂圈著，任感官馳騁，繾繾綣綣……操場邊冷風颼颼，如此低溫也侵襲不了熱吻的我們。

哐啷哐啷……刺耳的鐵罐聲驀地拉回我們的神智，我們兩個是真的被嚇到了！我趕緊回首，看著一個空鐵罐在強風中被颳起、又落地，在地面上跳撞著。

啊！我看過那個鐵罐！

那是罐裝咖啡，它被風吹得在地上哐啷作響，它會一路跳呀跳的，最後卡進前面實驗大樓的下水道口。

「嚇死我了！」羅彥誠的聲音就在耳畔，我因他說話吐出的氣息而顫了身子。

縮起頸子看向他，不必怎樣抬頭，就看見他吻得紅潤的唇在我眼前，我的後背是他溫暖的大掌，我的人幾乎是貼在他胸口，他的右手還扣在我肩上，我……在他的懷裡。

揚睫，我望進他的雙眼。

也就在這瞬間，他彷彿大夢初醒般，如觸電般鬆開手，慌亂地想向後退，卻忘了我們兩個是擠在一張石凳子上，瞬間就向後滑下去了！

「喂！」我是拉住他，但拉不住他龐大沉重的身子啊！

咚的一聲，羅彥誠一屁股直接從椅凳上挪到地板，摔了個四腳朝天！「唉喲喂呀！」

「噗……」我沒忍住，這太搞笑了。「哈哈哈哈……哈哈哈！」

跌在地上的羅彥誠索性不想動了，也自顧自地笑了起來！對比剛剛那曖昧的氣氛，現在變成這樣狼狽差別實在太大！

我們都笑得很放肆，有點想刻意化解前一刻的尷尬，待羅彥誠坐回椅子上時，彼此笑聲漸歇，氛圍又陷入了曖昧。

我的手上還是捏著那本手札，抿著唇，那柔軟令人難忘。

「我可以當作答案是肯定的嗎？」我還是主動出擊了。

羅彥誠滿臉通紅，顯得很不自在。「我……我剛剛太衝動了，對不起……」

「我喜歡你的衝動。」我將本子放入袋子裡，我得找點事情做才不會那麼緊張。

羅彥誠嚥著口水，顯得非常慌亂，我們之間的氣氛太微妙，總是不約而同地偷看彼此，又同時別開眼神。

「我還是……得想清楚……」他自責般地掩住臉，「我那天跟妳說過的，考試對我很重要、我壓力又很大，所以我……」

「沒關係，離三月十四還有一些時間。」我不想現在逼他，「我還能等。」

羅彥誠突然神情複雜地凝視我，我終於也不再迴避眼神地與之相望，還給了個羞澀的笑容。

「我其實，是喜歡跟妳吃飯。」他說這句話時，竟如釋重負般地鬆了口氣。彷彿是在解釋：從聖誕節至今，為什麼他沒有拒絕雅琦中午纏著他一起用餐。

那鬆口氣，彷彿是因為終於面對了自己的內心。

所以，他是一直看著我的嗎？我激動地看著心儀已久的男孩，是不是從頭到尾我根本不是單戀？

不遠處有人在張望，我們都明顯地感受到被指指點點了，所以只是互看一眼，便很有默契地收拾剛剛吃完的東西，是該回教室去了。

「謝謝你的禮物，我非常非常喜歡。」我咬了咬唇，「不管是手札，還是吻。」

羅彥誠登時瞪圓雙眼，臉在一秒內漲紅。

我笑了起來，偶爾當一次雅琦，感覺實在很讚，直接地表達自己的心情，真的太棒了。

這是我此生最棒的生日之一！

我接過他喝完的鮮奶空盒，我要連同我的麵包空袋一起丟棄，最近的垃圾桶就在前面的實驗大樓前；我跑過去把垃圾分類後丟好，要轉身回去時……眼尾餘光卻看見了那刺眼的存在。

轉過頭，我看見了卡在下水道孔的咖啡罐。

剛剛的激情與興奮突然被澆熄一半，我雙拳緊握，小跑步回到石凳邊，拎起自己的午餐袋。

「我不想逼你，我知道你想以學業為重，但我真的真的希望，三月十四後能收到你的回禮。」我緊張地說著，「無論如何……」

「妳能等我嗎？」他顯得為難，「就是等我考完，我們……我們再……」

「我沒辦法等。」我用近乎哀求語氣說著，「只要你也喜歡我……可以在白色情人節告訴我嗎？」

□

我作了一個夢。

在情人節前夕的晚上，我夢見我因為製作巧克力時沒將火關好，導致家裡充滿瓦斯，而冬天門窗又幾乎緊閉，我察覺到時已經太慢了……當時我又第一時間選擇打開電扇，火花一閃，房子就炸了！

我沒有立即死亡，但是身上都是燒傷，氣管也被燒灼著，廚房裡處處是易燃物，沒幾秒就燒了起來，我掙扎地想要求救，抓下椅子上的書包，卻來不及打開書包就失去了意識。

我至今還記得爆炸那瞬間的驚恐，火跟著瓦斯一起燒灼我的氣管與食道，接著半死不活的在高溫中，感受被濃煙嗆到的痛苦……接著我突然得以呼吸，卻發現自己在一片黑暗中。

眨了眨眼，視線逐漸清晰，我發現自己在人行道上，有隻黑貓朝著我叫，牠對我說：『妳有什麼未了的心願？』

我呆住了，夢裡的我沒反應到自己死了，我站在原地說不出話，接著黑貓在綠燈時轉身踏上斑馬線，轉眼消失在夜色中，而我的身體開始著火，我又飽嘗了一次被火燒灼的痛苦！

我尖叫著趴上地，痛得歇斯底里，我想起被燒死在家裡的事……所以我死了？但是我有好多心願沒完成啊！我這樣死了爸媽不是很難過嗎？最近我跟爸媽關係很緊張，還很常嗆他們，但我其實很愛很愛他們的！

還有家裡燒成怎樣了？爸媽以後怎麼辦？然後——羅彥誠的樣子出現在我腦海裡！

如果早知道我這麼早就死了，我也就不隱瞞我喜歡他的事了！

哐啷哐啷……鐵罐的聲音傳來，趴在地上哀鳴的我突然醒了，我身上完好無損，我看著那個鐵罐一路被風吹著跑，直到撞到實驗大樓底下的下水道卡住！我發現自己在學校的操場邊，附近空無一人，我超害怕地想要逃，直覺往教室的方向走。

衝進走廊時，又一腳踩空，像掉入懸崖般墜入深淵——啊啊啊！

『那，我就再多給妳一個月的時間吧！』

喝！我驚恐地睜開雙眼，發現我躺在沙發上……對！今天爸媽去看急診的奶奶，我放學回家後在沙發小睡了一下！彈坐而起的我渾身冷汗，那燒灼的痛卻刻骨銘心……那場夢真實得令人恐懼，我感受到了自己死過一次了！

如果夢是真的，那我只剩一個月的生命？如果夢是假的……但我已經體認到了人生不想留有遺憾了！

三月十四日，今天早上我吃完早餐，到一間我很愛的咖啡廳再喝杯咖啡，他們有仿歐洲的戶外傘區，我非常喜歡這個氛圍。

「今天是星期天，看來妳也別想得到回應。」

對面的椅子拉開，坐下了熟知我喜好的雅琦。

「早安！」我笑開了顏，真心地對還能見到她感到開心。

「搞成這樣妳滿意了嗎？為什麼非得要把事情弄到這麼僵？妳為什麼要跟羅彥誠告白，為什麼就是要跟我搶！」雅琦激動地問著，把她這一個月來的疑問一股腦兒地都說了。

我只是深呼吸，「因為我死過一次了。」

「什麼？」

轉角的黑貓、在操場上滾動，以及最後卡在排水孔的咖啡罐，不管這是巧合還是夢境，但這太過相像，我開始相信我本應該在情人節那晚死去，莫名的力量多給我一個月的生命。

無論如何，在我的感受裡，我就是死過一次了。

所以我頓悟了！人的一生太短暫了，少說那些冠冕堂皇的空話，什麼道義、什麼道德綁架與情緒勒索，人就這麼短短數年，我的生命更短，我為什麼要隱藏自己的喜好？憑什麼要我割捨情感？又為什麼要留下遺憾？

「我作了一個夢，我被火燒死了！有個人多給我一個月的生命。」我看著雅琦，「我珍惜每一天，也珍惜我的感受，沒有道理我們喜歡一樣的人，只有我不能告白。」

「妳……神經病！妳就因為作了一個夢？」雅琦簡直不敢相信，「一個夢把事情弄成這樣？」

我打開掌心，我的右手掌上，有個清處的烙印，正是一個L的字母，這是我書包上的金屬吊飾。

「夢」裡的最後，我抓下書包，但書包上早已燃火，我握住那個吊飾的瞬間，掌心就留下了烙印的痕跡。

「妳這是怎麼了？」她緊張地抓過我的手，我覺得好溫暖，她還是雅琦。

「夢裡的我，臨死前抓著書包，握住了這個發燙的吊飾，這是妳送我的記得嗎？我是握著它死掉的。」

雅琦皺起眉，突地甩開我的手。「妳在說什麼啊？夢怎麼會留下這個。」

是啊，如果是作夢，為什麼會有這個？

「這就是為什麼我把每一天都當最後一天過，我要認真地面對自己的原因。」

這麼明顯的烙印、黑貓與鐵罐，在在警醒著我：我只剩一個月的時間。

「妳幹嘛裝神弄鬼啊！」雅琦嫌惡地低喊著，「為了把妳的綠茶合理化嗎？」

「如果妳知道自己明天就會死，妳還會讓自己留下遺憾嗎？」我凝視著雅琦，當時間變得有限時，我沒辦法一直再為她著想了。「我都要死了，我不想再壓抑自己的心情，我不希望死之後，卻後悔自己沒有跟羅彥誠說過我喜歡他。」

雅琦嚥了口口水，用恐懼但不解的眼神打量我。「妳……路筠卉，那是作夢啊！有病要去看醫生！」

「我哪有時間去看醫生啊！我不想賭，我就當一切都是真的，妳也是。」我伸出手，驀地抓住她的手。「雅琦，妳以後要堅強，多關心其他人，也要獨立些！」

雅琦真的是傻了，她倏地把手抽回來。「神經病！」

我看著她那盛怒的模樣，那彷彿要將我吃掉的眼神，卻忍不住笑了起來。

「其實妳真正生氣的，是知道羅彥誠不喜歡妳對吧？」我戳中了她的心事，「因為妳怕他真的喜歡上我……或是，妳早就發現了？」

唰啦，雅琦立即站起身，鐵椅在人行道上刮出令人起雞皮疙瘩的聲響，她雙拳氣到緊握，怒急攻心。

「路筠卉！」這吼聲還帶著咬牙切齒。

我一定是說中了，我很清楚雅琦的個性，這一個月的拉鋸中，她怕的就是這點，畢竟從聖誕節到情人節中間這麼長的時間，如果他們之間要有什麼，早就有結果了不是嗎？

另外，她恨的是我的背叛，跟所有人一樣，認為我不該向羅彥誠告白。全世界最不能跟他告白的人只有我。

「感情是不能勉強的，妳無法逼迫羅彥誠喜歡妳，也無法強迫我不喜歡他，更不能要求我不向他表明心意。」我依舊溫柔，我不需要像雅琦那樣的激動。「妳沒有資格，雅琦。」

「妳是在背棄我們的友情！妳把我當什麼了？我們一起長大，我們一直一直都在一起！」雅琦說著，淚水滑下眼眶。「我告訴妳我喜歡羅彥誠，我讓妳幫著我……結果妳搶了他、妳怎麼可以搶走他！」

唉，好累。

我抬頭看著灰濛濛的天空，連天色都應和著我們之間的一切，罩上了一層薄霧呢。

「真是妳的，我也搶不走。」我站了起來，認真看著她。「雅琦，我不會讓我自己留有遺憾的。」

「那我呢？妳寧願跟我扯破臉、毀掉我們十幾年的感情，這不是遺憾嗎？」

「不是。」我回答得如此迅速，快到雅琦臉上閃過一抹錯愕。「因為妳依然是我最好的朋友，一起長大的閨密，我沒有任何一刻否定這件事……決定權始終在妳手上。」

「……路筠卉，妳說得未免也太冠冕堂皇了吧？妳好不要臉！妳現在把錯推到我身上？因為是我要跟妳吵的？」雅琦不可思議地搖著頭，「始作俑者是妳耶！是妳搶了我喜歡的男生！」

說不通的，雅琦要的只有一個：就是我的退出，我的犧牲。

好像我不存在，羅彥誠就會喜歡上她一樣……或許吧，這我不否認，說不定情人節那天我不告白，羅彥誠會試著喜歡上她也不一定。

我扔給雅琦一抹笑，轉身離去，今天是三月十四日、的確是星期天，但我跟羅彥誠約好了，要他的答案。

「路筠卉！」雅琦氣急敗壞的聲音在後方響起，我只是繼續往前走。

如果我就快死了，雅琦還會這樣對我嗎？

她可能突然就說她不要羅彥誠了，可這是施捨，我不需要。

如果人們都知道大限之日，看世界的角度都會不一樣了！難怪有人說，要把每一天當作最後一天來過。

但是真正的最後一天，與想像中還是有差異的，因為如果真實的最後一天，有許多東西都能拋棄，世界便會大亂，就像世界末日的電影一樣，人們不再有所顧忌，反正再如何也只剩幾個小時罷了。

而我沒有做什麼傷天害理的事，我只是面對內心、向我喜歡的男孩告白、好好地跟父母相處，然後讓媽媽在能力範圍內幫我買份保險、再買火險，以防萬一。

十一點，我跟羅彥誠約在附近的公園，我匆匆到馬路對面時，我就看見他穿著白色大衣的頎長身影站在對面轉角。

他也看見了我，立即揚起笑容揮手打招呼。

這是條大馬路，漫長的九十秒紅燈，我們只能等……隔著這斑馬線對視，僅僅如此，我心頭都會湧起心花怒放的甜蜜感。

不過……他手上沒有任何東西耶！這讓我有些緊張，沒有提袋也沒有小禮盒，他沒有要回禮嗎？

我的眼神沉了下去，是嗎？他最終還是決定以學業為重，這一個月來的每天通話、補習後宵夜，都不足以打動他的心。

是啊，我們都只是高中生，更何況他的目標是醫學系，那可是要更努力才能考進的學系，戀愛絕對會影響心情，就像我每天輕易地會想起他一樣，想起那天的冰淇淋，使用手札時就會……想起那個吻。

對面的羅彥誠看著我，距離太遠我不能確定，他的眼神像是含著笑凝在我身上，只是沒幾秒，卻用一種錯愕的眼神朝我的左邊瞟去；足音同時傳來，我幽幽看向左，是雅琦追來了。

「呼……呼……」雅琦早看見對面的男孩，「你們、你們約好了？你們在約會了？」

我沒吭聲，我已經累了。

「今天是三月十四！我之前就問他，他跟我說今天沒空的！」雅琦失控地哭了起來，「他說沒空，但為什麼卻跟妳約在這裡——路筠卉！」

妳應該去問他的。我很想這樣回答，但我不認為現在的雅琦聽得進去。

對面的羅彥誠慌張地拿起手機要撥打，我握緊口袋裡的手機，一顆心七上八下，我不知道他會先打給誰……是打給雅琦解釋，還是打給我……

手機震動，我居然鼻酸湧上，一種想哭的衝動！

「喂。」我立即接起，興奮的淚水在眼眶裡轉著。

「雅琦約我今天出來，但我沒答應，這是實情，我希望她是這樣跟妳說的。」羅彥誠的聲音聽起來相當緊張，「她看起來狀況很不好。」

我抿了抿唇，才要看向雅琦，但是她卻歇斯底里地尖叫，然後一路朝羅彥誠衝過去。

叭——

我嚇到了！現在還是紅燈啊！但是雅琦就這樣衝出去，完全無視於來往的車輛，似乎先我一步奔到男孩身邊，就能擁有他似的莽撞！

「雅琦！很危險耶！」

我下意識就追上去，在分隔島那裡拉住了她！從小到大就是這樣，我們是形影不離的！

衝動派的雅琦總是說衝就衝，我就是在後面照顧著、收拾殘局，以防她受傷的那一個！

「你們在一起了嗎？」被我拽住的雅琦淚眼婆娑，「他今天要回禮，你們要……交往了？」

「我不知道！我也在等！」我緊緊握住她的手臂，「妳冷靜點好嗎？我們站在這邊太危險！」

「為什麼……妳為什麼要這樣做！」雅琦忽然對我哭喊出聲，「如果妳不出現，他會喜歡我的！他就會喜歡我的——」

我沒見過雅琦哭得這般心碎，那痛苦的神情讓我的心都要跟著碎了，但是我的視線卻忍不住越過她，看見她身後，那隨風飄動的粉紅塑膠袋。

我的夢裡，也看過那個袋子。

那個袋子最後落了下來，罩住了一個機車騎士，然後讓那個騎士緊張地轉了龍頭，在車陣中蛇行扭動。

「過去——」我突然把手裡的雅琦朝羅彥誠那兒推過去。

同時，我也轉過去看向了羅彥誠，耳邊傳來巨大且此起彼落的喇叭聲，碰撞聲就在耳邊！

淚水湧出了我的眼眶，踉蹌奔到羅彥誠身邊的雅琦驚恐地瞪大雙眼，掩住了嘴。

我以為時間是到今晚八點的。

砰！

巨大的瞬間撞擊與被火燒死的痛，我都不知道該怎麼比較了，我好像親眼看見我身體裡被撞出了一大片血花，其實不太痛，更多的是瞬間的麻痺感。

「筠卉！路筠卉！」雅琦的聲音尖叫著跑過來。

我或許有飛起，又落了地，趴在冰冷的柏油路上時，全身都好痛……藍色的運動鞋跑到我面前，男孩蹲了下來。

「路筠卉！救護車！叫救護車！」羅彥誠的手按在我的背上，「路筠卉，妳醒著，妳不要睡！妳要撐下去！」

「哇啊啊啊……」雅琦又開始哭了，她一定慌了！別慌啊！「都是我！」

「看見了沒！路筠卉！」男孩趴上了地，他試圖與我一樣的姿勢，好進入我的視線。「拜託妳醒著，不要睡——路筠卉！」

羅彥誠的臉頰也貼著柏油路，他就趴在我面前，我們好近好近，鼻尖就只差一個盒子的距離就能碰到了。

其實我已經看不太清楚他的模樣了，但是我看得見我們中間隔著的那個小盒子，是他右手緊緊握著的……沒有包裝，就橫亙在我們中間。

那是85%的巧克力，他果然……都知道我喜歡什麼耶！

呵呵……好棒喔！我希望我泛起的笑容他能瞧得見，我已經沒有遺憾了。

這是我人生中，最美好的白色情人節了呢！

The End

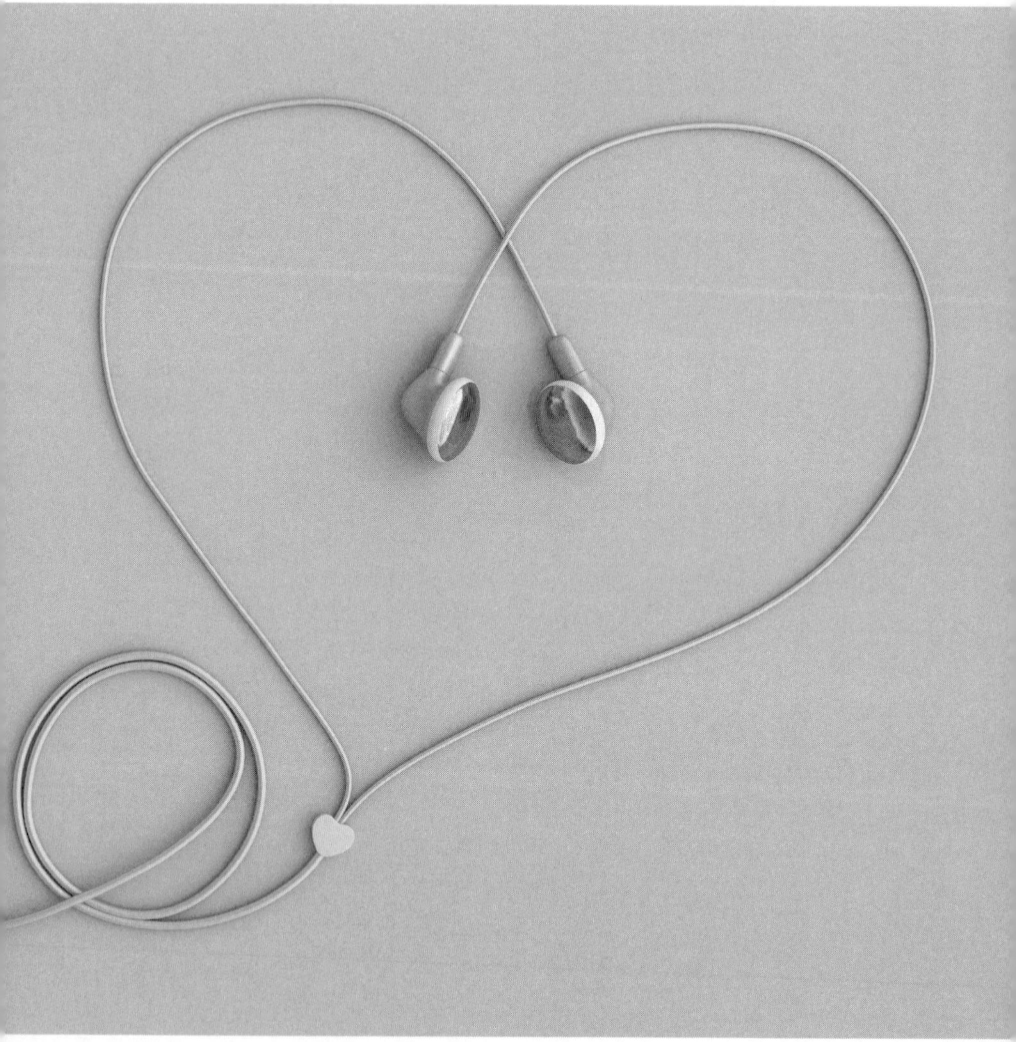

一瞬之光

／ 晨羽

絮光站在市區圖書館的一樓大廳角落，覺得自己就要因為長時間屏住呼吸，導致缺氧而昏厥過去。

對她來說，沒什麼事比跟汪濂這個人有所牽扯還要痛苦。

今天之前，她都竭力避開和他接觸的任何可能，可現在她不僅與對方單獨待在這個空間，手裡還拿著別的女生要給他的情人節禮物。

這起荒唐事是怎麼發生的？

她只是去圖書館借書，就在入館前被一個陌生人大聲叫住名字。對方是一名少年，身材高大，絮光不自覺地與他保持一小段距離，心想這個人為何要叫住她？又怎麼會知道她的名字？

少年有一雙讓人印象深刻的深邃眼眸，他神情嚴肅，深深擰起的濃眉，讓他看起來一副正在生氣的樣子。

「妳是梁絮光吧？」兩人此刻的距離，讓少年不必再提高音量，口氣已然緩和許多，卻也稱不上是友善。

絮光點頭後，他將一份包裝精美的禮物袋遞到她眼前。「麻煩把這個交給汪濂。」看到絮光臉上的驚愕表情，少年尷尬無比，咬牙切齒地澄清：「不是我給的，是我姊。妳認識汪濂對吧？那就幫個忙，替我在今天把這東西交給他！」

「你怎麼……會知道我認識他？」絜光嚇到了。

「我姊告訴我的，她說你們認識，還說妳每週六的上午十點到十一點，都會在這裡的圖書館出沒，所以我就在這裡等妳。我能認出妳，也是因為我姊給我看過妳的照片。」

不等她回應，少年就將禮物袋硬塞到她手中，自顧自說下去：「0928-XXX-XXX，是妳的手機號碼沒錯吧？我會在六點鐘左右打給妳，確定妳是否已經把禮物交給汪濂，這樣我才能跟我姊交代，就這樣，我走了。」

少年從她的視線消失後，完全來不及反應的絜光，惶然看著手中的禮物，當下不知該如何是好。

這個男生的姊姊是誰？為什麼會對她的事這麼清楚？儘管少年剛才沒說，但是她的手機號碼，八成也是他姊姊告訴他的。

少年給的禮物袋裡裝著一盒巧克力跟一封信，絜光一看就知道，這是他姊姊要送給汪濂的情人節禮物，但是對方為何不親自交給本人？還偏偏找上她來送？

若現在假裝沒這件事，把禮物扔掉，對方也不會知道，問題是那個少年竟說會打電話給她，如果她不接，對方也發現她並沒有把禮物交出去，決定再找上她，那該怎麼辦？

絮光心想，既然他的姊姊對她的行蹤如此瞭若指掌，那麼連她就讀的學校，甚至是住家地址，也應該都掌握住了。

她頓覺不寒而慄，站在圖書館門口足足半個鐘頭，才用手機發送簡訊給汪濂，問他今日六點前是否方便見個面？

今天是情人節，汪濂應該會跟女朋友在一起，絮光並沒有抱太大期望，想不到汪濂很快就回覆她，並且在一小時內出現在圖書館。

「絮光，好久不見。」汪濂現身在圖書館大廳時，難掩欣喜。「沒想到妳還願意聯絡我，我傳好幾次Line給妳，妳都沒回，妳已經把我封鎖——」絮光猛然將禮物袋拿到他眼前，打斷了他的話，汪濂的眼底閃過一絲驚訝，慢慢伸手接過禮物。

「有人託我把這個交給你。」絮光說完就立刻奔出圖書館，汪濂連忙追出去，他喊她的聲音越大，她就跑得越快，直到終於聽不見他的聲音。

她確實已經將汪濂的一切刪除得乾乾淨淨，包括他的Line，以及過去存在手機裡的合照，但對方的手機號碼還深深刻在她的腦海裡，而她不想直接打過去，因此只剩傳簡訊這個方法才能聯繫到他。

傍晚六點，絮光接到一通陌生來電，話筒彼端傳來的聲音，讓她立刻認出是那名少年。

絮光原本想問出對方姊姊的身分，然而少年在確認汪濂已經順利收到禮物後，就粗魯地掛斷電話，而絮光遲遲沒有回撥的勇氣，最後只能將這件事放下。

三天後的開學日，絮光在家附近的麵包店買完早餐，準備去搭車，竟又在半路上遇到那名少年。

對方從背後重重拍她的肩膀時，絮光嚇到發出驚呼，正戴著的耳機也掉下一只。

少年身上的制服讓絮光大感意外，她沒有想到他還是國中生，而且兩人學校的距離還並不遠。

少年乾淨的天藍色外套上繡著他的名字——戴壹瞬。絮光沒印象身邊的人有誰是這個姓氏，這讓她幾乎肯定，對方的姊姊是她不認識的人。

「妳音樂是開得多大聲？我叫妳好幾次，妳都沒聽見嗎？」少年又是一副心情欠佳的樣子，從書包裡拿出一封造型典雅的紫色信件給她。「上次謝了，今天再幫我把這個拿給汪濂吧。」

絮光沒有伸手接過，欲言又止起來。

「幹嘛？」

「為、為什麼要由我轉交？不能請你姊姊直接寄給他嗎？」她鼓起勇氣反問。

「妳以為我沒這麼想嗎？她就非要妳來送，我有什麼辦法？」戴壹瞬的眉宇輕輕皺起，「妳不願意嗎？這會讓妳覺得困擾？難道妳跟汪濂其實不熟？」

「我跟汪濂……」絮光的吞吞吐吐讓戴壹瞬不耐地嘖了一聲，「好啦，我猜妳是覺得麻煩，但我也是被逼的，妳就當做好事，幫到下個月十四號就行了。」

「下個月十四號？為什麼？」絮光當下沒有意識到這個日子的含義。

「不知道，我姊給的時間就是那一天。妳都是去前面搭公車上學對吧？今天起到三月十四號，只要有東西需要妳交給汪濂，那天我就會到那裡坐車。」

絮光一聽，忍不住問：「我在這附近搭車上學這件事，難道也是你姊姊告訴你的？」

「對啊。」

絮光心中再度湧上恐懼，對方真的什麼都知道。

她焦急地立刻要問清楚：「你姊姊到底是誰？她為什麼知道這麼多關於我的事？」

「抱歉，她威脅我不能透露，她還說如果妳想知道，就只能等三月十四日再告訴妳。今天六點我一樣會打給妳，確定汪濂有收到信，那就拜託了。」

戴壹瞬把信交給她，越過她逕自前往公車站。

絮光隨後抵達，看到他一個人站在柱子旁滑手機，內心天人交戰，一度想上前將信還回去，坦言她有不得已的苦衷，無法繼續幫這個忙。然而對方的臭臉令她卻步，害怕她的拒絕會使他動怒，生性膽小的絮光最終仍不得不打退堂鼓。

當她沮喪地再戴起耳機，肩膀不慎擦撞到隔壁留著妹妹頭的一名女生，是絮光的隔壁班同學。

絮光開口道歉，女同學立刻回她一個冷漠不悅的眼神，絮光不自覺斂下了眼，默默退到另一邊。

在校門口前下車，情緒低落的絮光，深深嘆一口長氣。

當她不經意回頭，正好與車內的少年對到視線，竟發現戴壹瞬正在看她，眼神似有深意。

絮光微微一愣，還來不及辨認出他眼裡透出的訊息，就眼睜睜看著公車將少年載走了。

這天絮光只能再約汪濂見面。

如果有人可以替她轉交信件，自然是最好的，然而學校裡並沒有能讓她放心託付的對象。

午休下課，他跟汪濂在無人的音樂教室會合。

從她手中接過飄著淡淡清香的紫色信件時，汪濂的眼神一深，表情變得微妙，開口詢問：「讓妳送信給我的這個女生，是妳的什麼人？」

「我不知道，我想我不認識她。是對方的弟弟託我把信交給你，我不曉得這個人怎麼會知道我跟你認識？又為什麼非要我幫忙轉送？」她生硬地回答。

「也就是說，絮光妳對這個女生也是一無所知？」

汪濂這句話讓她感到困惑，明明已經收到對方的第一封信，為何他的反應卻像是還不清楚對方的身分？難道戴壹瞬的姊姊沒有在前一封信裡告訴他？

但她沒有想問的念頭，也沒興趣知道對方寫了什麼給汪濂，一心只想盡快結束這段對話，於是點頭說：「對，我不知道。這是我最後一次幫她交東西給你，我走了。」

絮光一轉身，汪濂馬上擋住她的去路。

「絮光，可以不要拒絕和我見面嗎？」他眼底映著清晰的焦慮，「我想再和妳說說話，想在畢業前與妳多相處一會兒。我……很想妳。」

他的告白讓絮光呆住了。

遲遲回不了話的她，最後咬牙強行推開汪濂，紅著眼眶快步離去。

儘管已經十分小心謹慎，絮光跟汪濂接連從音樂教室的方向走出來的身影，還是被某個二年級女生撞見。於是開學第一天，絮光與汪濂私下見面的事情就被傳開，在二年級跟三年級間鬧得沸沸揚揚。

頂著同學們的異樣眼光，絮光度過一個難熬的下午。只要下課鐘一響，老師步出教室，她就立刻戴上耳機，不讓身邊的閒言閒語有機會傳入耳裡。

她以為只要撐到放學就沒事了，孰料這天卻有人來找她。

三年級的田莫嵐跟趙熙芸一踏進絮光的教室，所有人的目光都不由自主聚集到她們身上。

「絮光，妳沒忘記我們約好要去吃紅豆湯吧？我跟熙芸一起來接妳嘍。」田莫嵐來到絮光身邊，親暱地搭上她的肩膀。

發現她們不是為了汪濂的事來教訓絮光，想看好戲的女同學們頗失望地竊竊私語，田莫嵐朝她們瞪去，那群人才瞬間噤若寒蟬。

絜光隨著兩位學姊的腳步離開學校時，她的指尖因抓緊書包背帶而泛白，手心也微微滲出冷汗。她知道田莫嵐是為了不讓班上的人誤會，才故意在大家面前那麼說，但她並沒有因對方的貼心之舉而感動，反而越發恐慌。

「三碗紅豆湯，其中一碗請多加小湯圓跟粉圓，謝謝。」田莫嵐站在紅豆湯店的櫃檯前，流暢地向老闆點單。

紅豆湯配小湯圓跟粉圓是絜光最喜歡的吃法，當老闆將裝滿小湯圓跟粉圓的紅豆湯端上桌，絜光看著那碗湯，卻因過度緊張而開始反胃，但在這兩人面前，她只能面不改色拿起湯匙，勉強將紅豆湯吃下去。

「絜光，這個寒假妳又讀多少小說了？我看妳家附近圖書館的新書，都被妳借光了吧？」趙熙芸打趣問。

「還、還好啦。」絜光態度謙虛。

田莫嵐笑著調侃她：「少來了，妳這個大書蟲。我本來打算在妳今年生日時送書給妳當禮物，但又很怕挑到妳讀過的，還是改送其他的吧？書衣怎麼樣？妳喜歡可愛風、還是氣質風的？」

「妳直接問絜光，不就沒有驚喜了？」趙熙芸吐槽。

「對齁。」田莫嵐吐吐舌。

絮光隨著她們的笑聲跟著勾動唇角，聽她們接著聊起學測，以及寒假發生的各種事。

等到三人的紅豆湯都吃完了，田莫嵐放下湯匙，用紙巾擦擦嘴巴，冷不防拋出一句：「絮光，有人看到妳跟汪濂中午時從音樂教室走出來，你們是一起去那裡的嗎？」

縱使絮光一開始就知道，她們是為了這件事才專程來接她，但聽到田莫嵐真的問出口，絮光心裡還是一陣驚悸，胃也開始絞痛起來。

絮光無比僵硬的神色，讓趙熙芸忍不住出聲：「絮光，難道妳跟汪濂——」

「沒有！」絮光慌張澄清，「我只是有東西必須在今天內拿給他，但我怕別人看到會誤會，才跟他約在沒什麼人的地方。我跟學長真的什麼事也沒發生！」

田莫嵐嚴肅地凝視絮光許久，最後嘆一口氣。「我相信妳，所以我和熙芸都跟明瑀保證，這事絕對是誤會，妳不會做這麼沒有分寸的事。但謠言已經傳開了，就算妳跟汪濂是清白的，身為他的女友，明瑀一定還是會介意。我們會幫妳解釋，妳千萬不能再做出這種惹人誤會的事，知道嗎？」

「……我知道，莫嵐姊、熙芸姊。對不起。」她羞愧地垂首。

田莫嵐重新揚起笑容，拍拍她的肩膀。「知道就好，我們也是捨不得看到絮光妳被說閒話，才希望妳別跟汪濂有任何牽扯。不過，是什麼東西讓妳必須在今天內交給他？」

「是……一封信。」她溫吞招供。

「什麼信？」

絮光知道如果現在不說清楚，田莫嵐跟趙熙芸必定會更加誤解她，於是她將情人節那天遇到戴壹瞬的事一五一十全說出來。

田莫嵐跟趙熙芸聽完都目瞪口呆，田莫嵐的口氣甚至再度變得嚴峻起來。「絮光，妳不會是因為心虛，才編這種故事欺騙我們吧？」

「我沒編故事，我是說真的！」絮光馬上拿出手機，調出三天前的通話紀錄，指著一串號碼說：「那天傍晚，戴壹瞬就是用這個號碼打給我的！」

看著號碼，她們又是驚訝地面面相覷，表情極其複雜。

「發生這種事，妳為什麼不告訴我們？妳明知道那是別的女生要送給汪濂的情人節禮物，怎麼可以真的答應幫忙轉送？要是情人節那天，有學校的人看見妳跟汪濂在圖書館碰面，還看到妳拿禮物給他。妳跳進黃河都洗不清了！」

將絮光訓斥一頓後，田莫嵐直接拿起她的手機，氣惱地說：「我現在就打給那個國中生，問清楚他姊姊究竟是什麼人？」

「莫嵐，等一下！」趙熙芸立刻制止了她，「妳先別打，也先別怪絮光，我相信絮光是太害怕才這麼做。妳想想，一個絮光怎麼想都想不到的人，對絮光的個人資訊以及行蹤竟然這麼清楚，連她習慣在週六中午前去市區圖書館的事都曉得，妳不覺得很可怕嗎？」

趙熙芸目光落向絮光，神情凝重地分析：「要是絮光不肯答應幫這個忙，誰知道這個女生還會利用她弟弟做什麼事？況且，倘若這整件事根本是戴壹瞬在自導自演怎麼辦？在知道他真正的目的前，妳現在就揭穿他，說不定會讓絮光陷入危險。為了絮光，這件事要謹慎處理，不能衝動行事。」

田莫嵐越想越覺得趙熙芸說的有道理，瞥向絮光的視線轉為無奈跟同情，「那現在該怎麼辦？」

「我想就先讓絮光照著對方的意思做，戴壹瞬不是說，只要讓絮光幫到三月十四號，他就不會再麻煩她，也會說出他姊姊的身分？無論他說的是不是真的，目前似乎也只有這個方法才能揪出那個『主謀』，同時確保絮光的人身安全。」趙熙芸建議。

「這怎麼行？要是絮光又被發現跟汪濂見面的話怎麼辦？妳不怕明瑀難過嗎？而且為什麼要等到三月十四號？」田莫嵐深感不解。

「這是我個人的猜測，戴壹瞬的姊姊可能想在那一天收到汪濂的回禮，那天不正好是白色情人節？既然她已經在情人節送了巧克力給汪濂，還持續寫信給他，就表示她想在這段期間慢慢打動汪濂的心，讓汪濂在白色情人節那天回應她的告白。」趙熙芸回得一副煞有介事的樣子。

「原來是這樣，熙芸妳真是天才！」田莫嵐激動地用力拍一下手，「但她又為什麼非要絮光幫忙送信？既然她能查出絮光的手機號碼，那麼汪濂的住址跟電話應該也難不倒她，她大可把信寄到汪濂家去，何必這麼大費周章？」

「這一點我也想不透，不曉得她是不是有其他的目的。」趙熙芸聳聳肩。

田莫嵐陷入深思，不久又對絮光說：「絮光，如果那個國中生下次真的又叫妳拿信給汪濂，妳就通知我，我替妳轉交，只要汪濂確實有收到信，那麼誰給的應該都沒差，不是嗎？」

絮光還來不及回應，她放在桌上的手機就響了，看到來電號碼，她的表情驟變，兩位學姊也注意到了。

趙熙芸敏銳問她：「是戴壹瞬？」

絮光點點頭。

「妳接吧，記得開擴音，保持鎮定。」趙熙芸對田莫嵐比出一個噤聲的手勢。

絮光戰戰兢兢按下接聽鍵，同時開啟擴音。「……喂？」

「信給汪濂了嗎？」少年劈頭就問。

「給了。」

「什麼時候給的？在哪給的？」

「午休結束之後，在音樂教室給的。」

「汪濂有說什麼嗎？」

絮光四肢發冷，她清楚聽見自己劇烈的心跳聲。

「我想再和妳說說話，想在畢業前與妳多相處一會兒。我……很想妳。」

無論如何，她都不能在這兩人面前將汪濂的這些話說出來，於是僅挑出部分內容回應。「他很好奇你姊姊跟我的關係，我說我不知道，也告訴他我應該不認識你姊姊。他還問了你的名字，除此之外就什麼都沒說了。」

就在這時，趙熙芸悄悄遞給絮光一張字條，是她從書包裡拿出紙筆寫下的，絮光看著那張字條，嚥嚥口水，照上面的話一字一頓問：「對、對了，如果下次我請汪濂的朋友幫忙把信交給他，應該可以吧？」

戴壹瞬想也不想就拒絕，「不行，我姊說只能由妳來給，若給其他人轉交，信說不定會被偷看，搞不好還會直接被扔掉。」

絮光這時瞥見田莫嵐的眼角不自然地抽動一下，心想她可能有動過這樣的念頭。

「但我說不定也會這麼做呀！」絮光急了。

「煩死了，我哪知道我姊為何這麼信任妳？總之妳不准把信交給別人就對了！」少年暴躁地說完就掛掉電話，絮光整個人不由得抖了一下。

田莫嵐臉色一陣青一陣白，當場失聲叫道：「怎麼會有這麼不可理喻的人？」

「他不僅會打探汪濂收到信的時間跟地點，還會想知道汪濂收到信的反應，以及說了什麼，感覺就像是在確認絮光真的有親自把信給他，所以讓別人轉交信的這個選項，似乎行不通，應該真的只能繼續讓絮光拿信給汪濂了。」

趙熙芸的結論縱然讓田莫嵐完全無法接受，但三人當下也想不出其他辦法，只好擇日再討論。

來到大街上，田莫嵐到對街的公車站搭車，絮光跟趙熙芸站在一起。

「絮光，剛剛跟戴壹瞬通電話之前，妳還不曉得對方是不允許妳讓其他人將信轉交給汪濂的，那為什麼今天一整天，妳都沒想過找我或莫嵐幫忙？而是選擇自己把信給汪濂？」

絮光被問得腦袋空白，「我……」

「妳想見汪濂嗎？妳對他還是無法忘懷？」

她用力搖頭，「不是！」

趙熙芸停頓一會，「那就是妳不信任我跟莫嵐？」

這次絮光做不出回應，身子宛如石化般無法動彈。

「我明白了。」趙熙芸淡淡落下這句話，就踏上眼前車門開啟的公車，頭也不回地離去。絮光眼眶泛紅，但沒有掉淚。

不僅趙熙芸，這一天她也讓田莫嵐對自己徹底失望了。

晚上田莫嵐忽然打給了她，語氣十分嚴肅。「絮光，我一直在想這件事，無論我怎麼想，都只想到一個可能，希望妳對我說實話。雖然熙芸說這一切可能是那個國中生在自導自演，但我認為真正在自導自演的人也許是妳。妳是不是因為對汪濂念念不忘，所以找別人陪妳演這場戲，企圖挑撥汪濂跟明瑀的感情，讓他們分手？」

田莫嵐的質問讓絮光完全傻了，她貼著手機的左耳開始嗡嗡作響，那聲音幾乎蓋過田莫嵐之後說的每一個字。

絮光萬萬沒想到，田莫嵐竟會是這樣看待她的。

她淚眼模糊，啞聲哽咽說出：「我沒有這麼做」這句話後，便不等對方回應，直接掛斷電話並關機，然後躲在被窩裡傷心地哭泣。

翌日，絮光再去麵包店買早餐。

夾起架上最後一個巧克力麵包放到托盤上，她就前去排隊等待結帳，結果有兩個女生硬是從她的前方插進來，將她用力推到後方，其中一人正是昨日對絮光態度不佳的妹妹頭女生。

選擇隱忍不語的絮光，此時卻聽到身後傳來一道罵聲。

「妳們兩個，眼睛是瞎了？沒看到這裡有人在排隊嗎？」

當絮光回頭發現開口的人竟是戴壹瞬，整個人都驚呆了，只見少年繼續當著所有人的面，毫不留情對著那兩個女生火大開砲：「都讀到高中了，連這點基本素養都沒有，直接明目張膽亂插隊，丟不丟臉啊？」

被一個國中生這樣當眾教訓，瞬間成為全店焦點的她們，當場面紅耳赤，隊也不排了，把麵包跟托盤放回去後就飛快逃出店裡。

「發什麼呆？前進啊。」

戴壹瞬用托盤推了下還在發怔的絮光，絮光這才回過神，連忙跟上隊伍。

兩人一前一後步出麵包店時，戴壹瞬叫住了她。

絮光以為他又準備託她送信，沒想到他竟是上前問她：「這家的巧克力麵包真有這麼好吃嗎？」

「什麼？」她愣了片刻才鈍鈍點頭，「很、很好吃，他們的巧克力麵包是招牌，每次一出爐，就會馬上賣光。」

「是哦？我姊說這家的巧克力麵包是她吃過最好吃的，她還專程來買過幾次，卻從沒搶到，我以為她在唬爛，直到剛才看妳拿走架上最後一個，其他種類的麵包都還有一堆，我才知道她所言不假。」

絮光當下不曉得自己是怎麼了，聽到他這麼說，她的嘴巴竟自動迸出一句話：「你想吃吃看嗎？」

戴壹瞬略微怔住，「不用了，我不喜歡在早上吃甜的。」

「那可以給你姊姊，既然她那麼想吃，這個給她沒關係。就算擱著幾小時再吃，也還是很好吃。」

這時少年望著她的眼神，像是在看什麼奇怪的物種。「妳幹嘛對我姊那麼好？她一直在找妳麻煩，妳還願意把這麼難搶的麵包讓給她吃？」

「因為……」絮光一時語塞，畢竟連她自己也不太清楚原因。

也許是戴壹瞬方才的見義勇為，讓她忍不住想這麼做，即使對方並非是為了她，只是單純厭惡有人直接在眼前插隊。

見她遲遲未答，戴壹瞬也不追問，伸手把自己剛買的麵包給她。「那我跟妳換，我買的是肉鬆麵包，妳不討厭吧？」

「不討厭，但這樣你不就沒有早餐吃了？」

「沒差，我平常都是到學校買早餐，今天是因為有話想問妳，我才會再過來。結果經過這家店時剛好肚子餓，就先進去買一個麵包。」

所以說，今天他並沒有要她送信，她稍稍安下了心。

「那……你想問我什麼？」

「妳之所以不想幫忙拿信給汪濂，是不是有特殊的原因？妳跟汪濂之間不是普通的關係吧？」

絮光心頭一驚，他是怎麼發現的？

她掙扎許久，最後點頭坦承：「我跟汪濂曾經交往過。」

戴壹瞬當場吃驚到嘴巴都張開了，「妳是汪濂的前女友？」

「嗯，我們是去年交往的，但很快就分手，現在他也有新的交往對——」

「等一下，妳怎麼不早說？如果我知道汪濂是妳前男友，就不會要妳做這種事了啊！」戴壹瞬打斷她，看起來生氣了。

「你、你那麼兇，態度還那麼霸道，又不肯聽人把話說完，我根本沒辦法拒絕你呀！」話一說開，絮光委屈地道出心聲。「如果我一開始就坦白告訴你，你真的不會逼我這麼做？」

「廢話！汪濂都有女友了，我還讓他的前女友幫我姊送情人節禮物跟情書給他，我聽完都想殺掉我自己了！」戴壹瞬氣急敗壞，咬牙切齒道，「可惡，我姊一定都知情，所以才故意要妳拿信給汪濂。她竟然讓我做出這麼沒人性的事。幸好昨天我有聽到那些話，否則我到現在還傻傻地繼續當我姊的幫兇！」

「你昨天聽到了什麼話？」絮光不由得好奇。

「昨天在公車上，我就站在剛才插妳隊的那兩個女生旁邊。我聽到她們在說妳的壞話，其中包括妳跟汪濂的事，我愈聽愈覺得不對勁，昨天放學打給妳時，我就想跟妳確認了，但後來還是決定當面跟妳問清楚。」

絮光霎時明白了什麼。昨天他在公車上會忽然一直盯著她看，莫非就是這個原因？

「對不起。」

聽到少年低聲說出的這三個字，絮光睜圓雙眼。

戴壹瞬參雜著懊悔的怒容，讓絮光的視線彷彿被黏住，一時無法從他臉上移開，更說不上來此刻湧入心間的感受是什麼。

儘管他仍是一副兇巴巴的態度，絮光卻開始不再那麼害怕。因為她發現，戴壹瞬似乎是個很善良的男孩子。

「你就這麼介意我被你姊姊利用嗎？」絮光忍不住問。

戴壹瞬默然，悶聲回：「對，但其實還有一個原因，我才會特別介意妳。」

「什麼原因？」

少年直直看著她，「妳有一隻耳朵聽不見吧？是左耳還是右耳？」

絮光當場僵直了身軀，胸口同時一片涼。

「是、是右耳……你怎麼會發現的？」她尷尬地承認。

「也是我昨天從那兩個女生口中聽來的，那個短髮女生嘲笑妳，說妳明明聾了一隻耳朵，卻還故意天天戴著一對耳機，想讓自己看起來像個正常人。」

彷彿被人重重搧了一巴掌，絮光感覺雙頰火辣辣地疼痛。

「聽到了那句話我才想到，之前我在妳後方一直叫妳，妳都沒反應，應該不是因為妳音樂開得太大聲，而是因為妳有一邊耳朵聽不見。」

絮光難堪地低頭凝視自己的鞋子，拿著耳機線的手同時隱隱顫抖。

「我跟妳一樣。」少年接著冒出的一句話，讓絮光情不自禁抬首，但她沒有立刻會意過來，直到對方又說一次。

「我跟妳一樣，不過是另一邊。」

戴壹瞬將食指移到自己的左耳邊，淡淡地說：「我的左耳聽不見。」

□

早自習下課時間，絮光一如往常戴耳機坐在位子上，耳機裡卻沒在播放任何音樂。

她的 Line 好友名單有一個新帳號加入，新帳號的主人正是戴壹瞬。

少年在這天親口向她保證，不會再託她送信，甚至將絮光原本要送給他姊姊的巧克力麵包退還給她，說存心想陷害她的姊姊，沒資格吃到這個麵包。

但就怕他姊姊會再有小動作，戴壹瞬直接把自己的 Line 帳號給了絮光，如果這段期間有人來煩她，她可以直接聯繫他，他會去確認是不是自己的姊姊在搞鬼。

戴壹瞬鄭重答應絮光會嚴格監督他的姊姊，所以他也希望絮光可以原諒她，別繼續追究他姊姊的行為，讓事情就此落幕。

若真照少年說的這般順利，那麼今後她就不必再為此事煩憂了。

儘管這天因為不小心跟戴壹瞬聊太久，結果錯過公車，導致上學遲到，絮光卻覺得很值得。透過與他的那段對話，她感覺自己對這個少年有了一些了解。

戴壹瞬小她兩歲，就讀國三。他跟絮光並不住在同個區域，只是因為姊姊要他拿信給絮光，這幾日他才會繞一段路過來，跟她在同個地方搭車，否則他平常都是騎自行車上學。聽了他的解釋，絮光才想通為何過去都沒在那個公車站見過他。

雖然事情看似結束了，但她還是有很多疑問都沒有獲得解答，像是戴壹瞬的姊姊究竟是誰？為什麼對她的事如此清楚？會選她去做這種事的理由又是什麼？要是對方就此收手，這些真相也會跟著石沉大海吧？

只是說也奇怪，比起對方的動機，絮光發現自己對戴壹瞬反而更加在意。

發現少年也有一隻耳朵聽力受損，卻跟她一樣沒有配戴助聽器，絮光當場就鼓起勇氣探問原因，對方卻先反問她一句話。

「講妳壞話的那個女生，說妳為了看起來像正常人，故意不戴助聽器，真是她說的那樣嗎？」

在絮光難堪地沉默下來之際，少年也回答了她：「若是真的，那我的理由和妳差不多，只是妳希望看起來像個正常人，所以不戴；我則是因為有人希望我看起來像正常人，所以我才沒戴。」

跟少年分開到現在，絮光已經不曉得自己反芻這句話多少回。

看著戴壹瞬 Line 介面發呆的她，發現手機忽然震了一下，趙熙芸傳訊息給她，約她放學時在速食店見面，還強調田莫嵐不會出現。

絮光一看便知道，田莫嵐已經將昨晚的事告訴趙熙芸了。

傍晚和趙熙芸會合，趙熙芸沒有立刻質問絮光為何要那樣掛斷田莫嵐的電話，而是問她別的事情。

「戴壹瞬今天有來找妳拿信給汪濂嗎？」趙熙芸的關心，讓絮光鬆一口氣，鼻頭卻也微微發酸，她以為趙熙芸已經不會想再管她了。

「沒有，但我們今天已經談清楚了，他保證不會再幫他姊姊拿信給我，也會逼他姊姊就此收手，所以我想應該沒事了。」絮光說。

趙熙芸沒有好奇問她是怎麼讓對方改變心意的，也沒有露出欣慰的表情，而是認真問一句：「妳覺得這樣好嗎？」

「什麼？」她一怔。

「我已經知道莫嵐昨晚對妳說了什麼，也知道妳掛了她的電話，我曉得她說的那些話一定讓妳很傷心。但是，如果戴壹瞬真的從今天起就不再找妳送信給汪濂，那莫嵐不就會更加深信她的懷疑是對的？畢竟昨天她也有聽到，對方的態度明明那麼強硬，非要妳拿信給汪濂不可，今天卻突然態度大轉變，說收手就收手。不管妳是怎麼說服戴壹瞬的，如果我是莫嵐，我一定會想，妳果然是因為被我看穿這是妳自己演出來的，才趕緊收手；而妳會那樣掛我的電話，也是因為作賊心虛。」

絮光被趙熙芸的這一番話嚇到了，她從沒考慮到這一點，而且趙熙芸的推論相當合理，絮光相信田莫嵐確實很可能會如此想。

「難道熙芸姊希望我繼續送信給學長？」絮光聽出她的弦外之音。

她點點頭，「雖然這件事疑點重重，但我是相信絮光妳的，我很不願看到妳跟莫嵐為這件事鬧僵。妳第一次這樣掛她電話，她很震驚，我想她其實也知道自己說得過分了，可她沒來跟妳道歉，就表示她仍不覺得自己的想法有錯，所以我希望別讓她繼續誤解妳。妳可以騙莫嵐說妳已經成功說服戴壹瞬的姊姊，只要不再讓妳與汪濂單獨接觸，我想莫嵐就不會繼續多疑。若戴壹瞬真有能力阻止他姊姊，那麼再請他幫忙說服姊姊這麼做，應該不算難事，妳說對嗎？」

言及此，趙熙芸放柔了聲音，再告訴她：「而且，難道絜光妳一點都不想知道戴壹瞬的姊姊到底是誰？也不想知道她為何非要妳拿信給汪濂？下個月十四日其實很快就到了，妳再忍耐幾日，不僅就能消弭莫嵐對妳的誤解，也能知道對方的廬山真面目，不是一舉兩得嗎？」

趙熙芸的循循善誘，讓絜光啞口無言，久久未出一詞。

當晚絜光想著這件事想到失眠了，隔日發現戴壹瞬沒有出現在公車站，她竟發現自己的心情有些複雜，像是鬆了一口氣，卻也有點像是失落。她分辨不清這是因為意識到戴壹瞬可能真的不會再來到這裡，還是因為她真的已經被趙熙芸說服了。

經過昨日的相處，絜光其實願意相信，這不會是戴壹瞬在自導自演，也不認為他真的會做出傷害別人的事。她甚至還想再跟他聊一聊，多知道一些他的事。

儘管那可能是基於一種感同身受、甚至是同病相憐的心情，但她確實有了這樣的念頭，而這也是繼汪濂之後，她再次萌生想了解某個人的欲望。

平安無事過完四天後，絮光終於決定聯繫少年。

□

在公車站附近的騎樓下，戴壹瞬雙手環抱胸口，用完全無法理解的表情瞧著絮光。

「我實在搞不懂妳們女生的想法，妳真的就只是為了想知道我那個蠢姊姊到底是誰，不惜答應再替她送情書給前男友？妳都不怕被冠上小三這個罪名？」

「就是怕這樣，我才會請你跟你姊姊商量，讓人陪我一起送信給汪濂。我找的人是汪濂的同班同學，跟汪濂的女友也很熟，就算被發現，她們也會想辦法讓我不被誤解。」絮光連忙解釋，很慶幸戴壹瞬的姊姊最後真的同意了這個條件。

「妳說她們是妳國中就認識的學姊吧？妳確定她們不會搞鬼？」

「不會，她們只會陪我去送信，除此之外什麼都不會做。」趙熙芸說了，若田莫嵐要求偷看信件，她一定會阻止對方。

「好吧，那就相信妳了。」戴壹瞬從書包裡拿出新的信件給她，無奈地嘀咕一句：「那個汪濂的魅力真有那麼大？怎麼感覺他的女人緣很好，連妳都跟他有關係。」

絮光不曉得他這句話是否有別的含義，她看著信封上的娟秀字跡，嘴上也跟著問：「你……看到自己的姊姊寫情書給有女朋友的男生，好像不覺得怎麼樣，照理說不是都會勸阻嗎？」

「我又沒資格勸阻，我跟我女友告白時，她也還在跟她的前男友交往啊。」他說出驚人之語。

絮光脫口道：「你是橫刀奪愛──」

「才不是，我只是告白，沒想過跟她交往，是她後來自己決定跟男友分手，說要跟我在一起。」戴壹瞬不悅地反駁。

「你都開口告白了，怎麼可能會沒想過跟對方交往？」絮光覺得他分明在狡辯。

「信不信由妳，我說出來時，真的沒想過她會聽到。」戴壹瞬表情冷漠，

「有些話我只會想看著對方說出口，但不會想讓對方聽見。」

在絜光理解過來前，戴壹瞬又不疾不徐說下去：「不過無所謂，我跟我女友也差不多要分了，只是彼此還沒打算開口罷了。」

「怎、怎麼會？你們發生什麼嚴重的事嗎？」她問得小心翼翼。

「也不是，只是她愈來愈不能接受變得不正常的我，而且她的身邊也出現一個很關心她的『正常男生』。我還聽說那個男生，已經在情人節時打電話跟我女友告白了。」戴壹瞬撇撇嘴角後，表情一凜，接著尷尬地嘖了聲。「我跟妳講這麼多幹嘛？反正就這樣了。妳不要再一直戴著耳機了啦，看了就火大！」

他甩頭就走，絜光一頭霧水，他幹嘛又突然對她發脾氣？根本是亂遷怒嘛。

那日的打掃時間，絜光在趙熙芸跟田莫嵐的陪同下，到安全的地方跟汪濂見面。

「事情就是這樣，為了絜光的人身安全，我們才用這種方式幫那個人拿信給你，你絕不能讓任何人知道，尤其明瑀。」由絜光把信交到汪濂手上後，趙熙芸鄭重提醒他。「尊重你的隱私，我們就不探問對方寫了什麼內容給你，但如果對方真的如我們猜想的，她跟你告白，並希望你在白色情人節那天給她回應，你一定要好好處理。」

「我知道，抱歉，我沒想到會麻煩到妳們。」汪濂尷尬不已，並且深深朝絮光望去。「還有絮光，真的對不起，我——」

田莫嵐迅速拉過絮光轉身，不讓兩人有對話的機會。「廢話就不多說了，我們得趕緊帶絮光離開，否則又會害她被誤會。汪濂，你別再對絮光有多餘的關心。幫你做這種事，我已經覺得很對不起明瑀，要是最後你辜負了她，我可不會原諒你！」

田莫嵐的警告，讓汪濂的表情有一絲絲的不自然，但他很快就點了頭。

「絮光，是我錯了，我不該對妳說那麼過分的話。原諒我好嗎？」當田莫嵐後來也向絮光正式道歉，看到絮光點頭，田莫嵐高興得一把擁住了她。

絮光從她背後看見趙熙芸對自己露出微笑，心裡也鬆一口氣，但她並沒有因為消弭田莫嵐的疑心而感到喜悅，反而湧起更多的苦澀與惆悵。

放學等公車時，戴壹瞬打給了絮光。

「信給了嗎？」他的話語言簡意賅，毫無波瀾。

「打掃時在垃圾場附近給了，學姊們親自帶我送信給汪濂，沒有說要偷看，也沒有問汪濂信裡寫了些什麼，你可以放心。」不等少年再發問，絮光就自動將交信的時間地點，以及認為他可能還會想知道的事情一口氣回答完畢。

對方停了一下，「妳怪怪的，心情不好哦？」

忽然被他關心，絮光有點意外，她本來以為他會像先前一樣問完就掛斷。

「我、我哪有怪怪的？你才像是心情不好，聲音聽起來無精打采的。」她下意識掩飾過去。

這次少年又停頓了數秒鐘，沒有情緒地說：「是不太好，我約了人在速食店吃東西，結果被放鴿子，多出來的餐點我吃不下，也懶得帶回去，乾脆妳來幫忙吃吧。」

後來絮光確定自己真是怪怪的那個。

獨自坐在速食店二樓角落的戴壹瞬，看到絮光出現在眼前，整個人都呆住了。

「嚇我一跳，妳真的過來了？」他眨了好幾次眼睛，一副不可思議的樣子。

絮光也不知道自己是哪根筋不對，只是聽到戴壹瞬被放鴿子，再聽到那句半真半假的邀請，她就像被無形的力量驅使，真的來到他所在的速食店。

「我是怕你最後會把餐點丟掉，才決定過來幫忙吃，我討厭有人浪費食物。」她連書包都還沒卸，就在少年對面一屁股坐下，低頭將已經涼掉的薯條放入嘴裡，希望臉上的熱度能快點退去。「你被誰放鴿子？同學嗎？」

「是我女友，她臨時說身體不舒服，要直接回家，但我朋友剛才傳了她跟曖昧對象走進夜市的照片給我看。」

絮光當場被薯條噎到，咳了幾聲。「你……還好嗎？」想不出任何安慰話語的她，只能尷尬地問。

「沒事啊，白天我不是說了？我們其實等同分了，只差還沒說出口罷了。」拿起飲料喝一口後，戴壹瞬平靜地問她：「妳跟汪濂是怎麼在一起的？又為什麼會分手？」一迎上絮光愕然的眼神，他解釋道：「我只是好奇汪濂究竟是何方神聖，會讓妳跟我姊都喜歡上他，如果妳不想說就算了。」

少年坦然的態度，不知為何竟讓絮光原本緊繃的身心漸漸鬆懈下來。甚至不禁想，戴壹瞬都不介意讓她知道自己難堪的一面，若她真的全然閉口不談，似乎太過狡猾了。

絮光放下餐巾紙，嚥嚥口水，開始娓娓道來：「我跟汪濂是去年參加同個社團認識的。他很引人注目，長得帥，學業成績好，個性又很溫柔親切。他對我很好，每天都會傳訊息跟我聊天，我很自然就喜歡上他，後來他跟我告白，我們就在一起了。」

停頓一會兒，絮光繼續說下去：「就像你說的，汪濂的女生緣很好，很多比我漂亮聰明的女生也都喜歡他，所以我們交往時，很多人都替汪濂感到可惜。我不止一次聽別人說，汪濂明明可以選擇更好的女生，怎麼偏偏選中那麼普通，還聾了一邊耳朵的人？那時我還有戴著助聽器，每天都能清楚聽見這些話語。」

「汪濂都沒有出來替妳教訓那些人？」戴壹瞬此時插話。

她搖搖頭，「他總是要我無須在意，當他知道幾個喜歡他的女同學經常惡意中傷我，他也不會責備她們，還能在我眼前與她們和樂相處，他不會為了我跟任何女生交惡。最後我受不了，交往三個月後就開口提分手了。」

「靠，這是怎樣？照妳的說法，這個汪濂根本就是個四處拈花惹草的無恥渣男啊！」戴壹瞬額冒青筋，放在桌上的拳頭都硬了。「妳那兩個學姊呢？看到妳被那樣欺負，都沒有站出來替妳出口氣？」

戴壹瞬這句問話戳中絮光最深的痛處。

這件事傷她最深的，不是汪濂滿不在乎的態度，而是當她的戀情不被眾人祝福，田莫嵐竟認為這是正常的。

看到絮光持續被嫉妒者欺負中傷，田莫嵐跟趙熙芸當然會憤慨、會心疼不捨，而絮光也始終深信姊姊們站在自己這邊，直到她聽見了田莫嵐的那句話。

「妳跟汪濂本來就不是同個世界的人，那些人會有這種反應，也是很正常的啦！」

某次絮光因他人的惡意言論傷心掉淚時，田莫嵐不經意說出的一句安慰，對她來說猶如晴天霹靂。

那句可能連田莫嵐自己都沒意識到的話，洩露了她的真實想法；田莫嵐也認為絮光跟汪濂在一起是荒謬的。當大家因為汪濂選擇絮光而表示惋惜，田莫嵐竟覺得這是理所當然的事。

絮光不明白為什麼？是她不夠聰明漂亮？還是因為她有右耳聽不見的這個缺陷？才讓田莫嵐認為她跟汪濂不是同個世界的人？

所以當絮光再也承受不住那些耳語攻擊，決定忍痛跟汪濂分手，田莫嵐不僅第一個表示贊同，甚至還用「下次找個跟妳更相配的人在一起」這樣的話鼓勵她。

在田莫嵐眼中，什麼人才與她相配？是像她一樣完全不起眼的普通人？還是像她一樣身體有殘缺的人？無法不往最偏激的方向去思考的絮光，發現自己的世界就是從那時起徹底崩裂了。

她最信任且最親密的姊姊，竟認為她不配擁有那些。

絮光無法不懷疑趙熙芸也是用同樣的眼光看待她，因此跟汪濂分手後，她就對兩個姊姊關上了心房，不再使用助聽器。她寧可這麼做，也不想再讓自己清楚聽見更多人的聲音。

到了現在，無論是懷疑絮光為了挽回汪濂而處心積慮逼他跟女友分手，還是對協助別的女生轉交情書給汪濂一事，對自己好友感到愧疚，田莫嵐的這些言行，都證明她從不曾真正在乎過絮光的感受。

田莫嵐不願好友難過，卻不介意讓絮光難過。

當淚水隨著這些話不小心掉了下來，絮光趕緊匆忙擦去，結果發現戴壹瞬的目光已經移到窗邊，像是裝作沒看見她在哭。

「看來妳過得很辛苦啊。」但他還是用手指將乾淨的紙巾稍稍往她推近一些。

絮光尷尬地吸了吸鼻子，很快恢復平靜。「那你呢？你跟你女友是怎麼認識的？又是怎麼……走到快分手這一步的？」

戴壹瞬沉默，深幽的眼睛毫無波動。

「我們國一同班，那時我就開始喜歡她。她跟汪濂一樣，很多人都喜歡她，我們一直都是朋友，小時候因為戴助聽器被同學嘲笑的陰影，讓我自然而然認為她不會喜歡上我這種人，也不曾真正期待過。去年夏天，有次我看她在前座認真抄筆記的樣子，不知道為什麼，忽然很想說出『我喜歡妳』這句話，所以我就真的說了，說得非常小聲，隔壁的兩個同學都沒聽見。沒過幾天，她就忽然來告訴我她跟男友分手了，還說她那天有聽到我說那句話，問我要不要跟她交往？」

絮光不禁聽得入神，同時發現戴壹瞬在講到女友的事情時，都是這種沒有表情的臉，和聽她故事的激烈反應截然不同。

將最後一口可樂喝光後，他才繼續說下去。

「交往半年後，她問我能不能試著別戴助聽器？她認為我就算不戴也能像一般人一樣，所以希望我不要戴，還說她比較喜歡我不戴助聽器的樣子。之後在她面前，我都盡量不戴。我姊看到我在家裡跟女友視訊，還得先把助聽器拿下來，都非常生氣；學校老師跟同學看到我突然不戴助聽器，也會來關心，或去問我女友，這讓她備感壓力，覺得自己好像被大家譴責。她只是希望我看起來像個正常人，結果我不戴助聽器，反而顯得更『不正常』。後來，我們就愈來愈常吵架，兩人也開始漸行漸遠了。」

雲淡風輕講完這段故事，戴壹瞬深深嘆一口氣。「雖然已經確定會分了，但我還是很想問她，既然只想跟正常人交往，那她幹嘛選擇我？早知道會變得這麼麻煩，當初我就不要說出那四個字，至少也要確定對方絕不會聽見再說。」

「你怎麼講得好像將來碰到其他喜歡的女生，你也不會說出來讓她知道一樣。」絜光莫名覺得胸口微緊，「也許……她最初只是想確定你是否會願意為她改變，好證明你是真的在乎她。」

「我改變了，但她還是不高興，不是嗎？」當絜光被問得啞口，戴壹瞬俯身趴在桌子上，沉聲嘀咕：「算了啦，我已經懶得再認真思考她在想什麼，太麻煩，反正就這樣了。」

絜光靜靜看著他，待她意識到自己做了什麼時，她的手已經輕輕落在少年的頭頂上。

「辛苦了，你……很努力。」她情不自禁這麼對他說。

戴壹瞬一動也不動，不久後出聲：「妳幹嘛隨便亂碰別人的頭？」

絜光這才猛然收回手，尷尬到不行。「抱歉，我不是故意的，我不小心……」

少年抬起頭，靜靜盯著臉蛋泛紅的絜光，這時提出一個要求：「欸，往後拿信給妳的前一天晚上，我會先傳 Line 給妳，隔天碰面時，妳不要戴耳機。」

「為什麼？」

「只要妳戴耳機，我就會想到自己刻意不戴助聽器的樣子，接著也會再意識到，我和妳現在看起來就是被別人傷害的樣子，會讓人覺得很不爽。」

「你有必要這麼說嗎？」絮光不禁抗議。

「又不是我講的，是我姊講的，她老是強調，為了別人去改變自己真實的樣子，就是在證明自己被傷害，所以現在只要看到妳戴耳機，我就會想起這句話，覺得好窩囊，太不爽了，所以妳就這麼做吧。」

絮光頓覺好氣又好笑，說話也變得直接起來：「那為什麼不是你自己先戴回助聽器呢？既然你都要跟女友分手了，就用不著在意她怎麼想了不是嗎？」就算立刻被少年狠狠瞪視，這次絮光卻難得堅定，不打算退縮，還跟他開起條件：「如果你在我們兩人見面時戴上助聽器，我不僅不戴耳機，也跟你一起戴助聽器，如何？」

冒著對方隨時可能翻臉也翻桌的風險，絮光忐忑地與少年四目相對，最後她等到一句問話：「到什麼時候？」

絮光愣了一愣，很快想出一個日期。「就到三月十四號那天！」

「好，看誰撐得久，妳可別反悔，犯規的人要受到嚴厲懲罰。」戴壹瞬咬牙撂下狠話。

結果當晚絮光就深陷後悔了。

回到家後，她才意識到自己太過衝動，居然一氣之下就跟對方打了這種賭。而少年也像是故意的，這天晚上就傳 Line 給絮光，預告明日將拿信給她。

但她明明今天才把信交給汪濂，隔天竟然又有信，絮光立刻猜到這必定是少年故意安排的。

「你這是犯規，昨天才交信的，為什麼今天又會有？該不會信根本就是你寫的吧？」

隔天戴著助聽器的絮光，站在麵包店旁的騎樓，劈頭質問同樣戴上助聽器的少年。

「誰犯規了？我只是在昨晚問我姊，今天需不需要再送信給汪濂？她就馬上又寫一封給我啦。又沒規定昨天送了今天不能再送。」他雙手抱胸，看著她的眼睛似笑非笑。「我還以為妳睡一覺就會忘記這件事，然後戴著耳機出現，真可惜。」

戴壹瞬說完就直接去公車站了，而絮光則在買完麵包後才跟著過去，看到他又是站在柱子旁安靜地滑著手機。

隨著前來搭車的學生愈來愈多，不少熟面孔陸續出現，絮光下意識凝住了呼吸，不由自主從外套口袋裡拿出耳機，迅速戴起來。

不久戴壹瞬神不知鬼不覺來到身邊，伸手摘下她的一只耳機，輕輕搖了搖，對她露出邪笑。絮光這才意識到自己做了什麼，臉色霎時發白。

「願賭服輸，說好有懲罰的對吧？」少年唇角高高勾起。

絮光懊悔不已，只能屈服。「怎……怎麼懲罰？」

「這才剛開始，我就別太殘忍，輕輕彈額頭就好。」

兩人站在公車站後方，戴壹瞬的手指一彈打在她光溜溜的額頭上，絮光不禁失聲叫出來，掩額蹲下。

「好痛！你不是說輕輕彈嗎？」絮光痛到眼淚溢出了眼角。

「哈哈哈，我是輕輕彈啊，是妳額頭太脆弱了。」戴壹瞬發出清亮的笑聲，跟著蹲下與她對視。「欸，妳這樣不行。妳的症狀比我想像中還要嚴重，這樣鐵定輸得一塌糊塗。」

「誰說的？我這次只是不小心，下次絕不會再忘了！」絮光心有不甘的保證。

戴壹瞬眼底笑意更濃，「那我就拭目以待。先聲明，下次懲罰可不只是彈額頭這麼簡單嘍。」

像是迫不及待再見到她受罰似的，這天戴壹瞬在放學時分打給絜光，問完交信的情況，竟又找她去昨天的速食店，表示餐點不小心叫太多，他吃不完，要她再去幫忙吃。雖然一聽就很假，但絜光仍是答應了他，並在碰面前就先將耳機收進書包裡，以免又忍不住在對方面前拿出來。

「妳的助聽器呢？」

戴壹瞬見到她問的第一句話，讓絜光的心瞬間如墜冰窟。

一心惦記著不能在少年面前戴耳機的她，反而將要戴助聽器的事忘得一乾二淨。戴壹瞬當場按捺不住捧腹狂笑，面紅耳赤的絜光恨不得立刻挖個地洞鑽進去。

第二次懲罰果真比彈額頭更可怕，戴壹瞬直接用番茄醬在絜光的臉上胡亂塗鴉，再以手機拍照，等到絜光去洗手間洗完臉回來，他都還無法止住笑意。

「你絕對不可以把照片拿給別人看！」絜光紅著臉提醒。

「知道啦。」瞧瞧拍下的照片，戴壹瞬又噗哧一聲，笑到嗓音都啞了。「我好久沒有笑到肚子痛，這件事應該可以讓我笑上三天三夜。」

直至這一刻，絜光才真正仔細注意起少年的笑顏。

他發自內心笑起來的表情，原來是這個樣子，絜光不知不覺看到入神。

想起他昨日談論女友的清冷，再聽見他這麼一句話，絮光不禁想，他是不是失去這樣美好的笑容已經很久了？

如果是，那麼今日她再丟臉，也是有一點點值得的。

□

『絮光，我有事想問妳，那個女生的弟弟今天有給妳信嗎？』

汪濂在週五晚上十點傳來的這通簡訊，讓正在念書的絮光備感意外。

上次將信交給汪濂是前天，也就是跟戴壹瞬第二次去速食店那天，這兩日戴壹瞬都沒讓她再給信，而絮光怎樣都沒想到汪濂竟會特地傳簡訊問她這件事。

雖然覺得這句問話有點奇怪，彷彿汪濂正在等待對方的信，但絮光立刻停止多想他的事，回傳「沒有」這兩個字，就把手機放下繼續讀書，不久戴壹瞬卻突然打給了她。

「欸，妳明天會去我們第一次碰面的那棟圖書館嗎？」他劈頭就問。

絮光不免想起汪濂剛才的簡訊，不禁問：「又要拿信給汪濂嗎？」

「想太多，我幹嘛再為那個渣男浪費我的寶貴週末？是我忘記這週有讀書心得的作業要寫，來不及先在學校圖書館借書。妳不是週六都會去上次那棟圖書館？那妳來幫我挑一本簡單好寫的。我再請妳吃麥當勞。」

少年的邀約，讓絮光一時難以辨明此刻的心情，忍不住就答應了下來。

「喔，好呀。」

「那明天十點在圖書館門口見。妳不會又戴耳機了吧？」

「沒有啦，我現在只有想聽音樂時才會戴耳機！」她尷尬地澄清。

戴壹瞬笑了兩聲，「最好不要騙人喔，那就明天見啦。掰！」

結束通話後，絮光打開抽屜，看著放在裡頭的耳機。

這一年來她已經習慣用耳機保護自己，就算跟戴壹瞬打了賭，她還是無法停止藉由這份衝動，隔絕那些想要傷害她的人的聲音。

然而這兩天，只要她不經意透過學校的玻璃窗或鏡子，看見自己戴耳機的模樣，腦中就會浮現戴壹瞬的姊姊說的「為了別人改變自己真實的樣子，就是在證明自己被傷害」這句話，然後意識到，這就是她受了傷的模樣。

她的行為，沒有讓那些人真的認同她是正常人，反而是讓他們更清楚地看見自己傷痕累累的樣子。是她一直不斷地在大聲告訴全世界：我受傷了。

領悟到這點，此後不管在公車站，還是在學校，只要絮光不小心再戴上兩邊耳機，就會很快想起當時在鏡中看見的那個「受傷的人」，然後將聽不見的那隻耳朵的耳機摘下。

此時此刻，沒戴助聽器的絮光，將耳機從抽屜拿出並接上手機後，便只將耳機戴在左耳，接著開啟音樂 App 按下隨機播放，一邊聽歌一邊繼續讀書。

讀著讀著，她的注意力逐漸被一首抒情歌吸引而去。

看見手機螢幕顯示的四個字，絮光的目光不由得停在那首歌名許久。

一瞬之光

這句歌詞一入耳中，絮光便以為聽見了戴壹瞬的名字，之後她忍不住拿起手機，看著歌詞專心聽完整首歌。

當歌手 A-Lin 最後用她溫暖柔情的歌聲，清晰唱出那一句「一瞬之光」，絮光瞬間渾身豎起雞皮疙瘩，一度熱淚盈眶。她被這首美麗溫柔的歌深深感動，更覺得自己在這首歌裡看見了少年跟她的名字。

翌日，她跟戴壹瞬來到市區圖書館，協助他找到感興趣的書籍。

知道戴壹瞬喜歡恐怖小說，熟門熟路的絮光毫不猶豫走到一排書架前，順利找到心中所想的那本書，但書卻被放到最高層，她的手完全搆不著，最後戴壹瞬輕輕鬆鬆替她取了下來。

「妳好矮，真的有大我兩歲嗎？高中生。」他故意用質疑的語氣揶揄道。

「沒禮貌，你也只是身高高而已呀。國中生。」絮光反唇相譏。

他若有所思地說了一句：「高二跟國三，聽起來確實有差。但若是高三跟高一，感覺就還好了。」

絮光當下不確定他想要表達什麼，不自禁停頓了下，接著指向他手中那本書，用輕咳掩飾突然變得不自然的聲音。「考量到你下週就要交，我推薦這本恐怖小說給你，比一般書籍薄很多，很快就能看完，你也會有較多時間寫心得報告。」

戴壹瞬翻翻書，抬眼對她莞爾。「謝啦，妳真厲害，那我就借這本了。」他說完就帶著書去到櫃檯。

離開圖書館，戴壹瞬照約定請她去吃了麥當勞。

最後兩人一塊等公車準備回家時，絮光猛然想起一件事，趕緊將始終拿在手中的提袋交給少年。「我差點忘了，這是你姊姊想吃的巧克力麵包，我買了四個，你帶回去和你姊姊一起吃吧！」

「不是說不用對我姊這麼好嗎？妳幹嘛這樣？」戴壹瞬嚇了跳。

「沒關係啦，就當作是謝禮。」她脫口而道。

「謝禮？妳要謝我姊什麼？」

「就是，上次你跟我說的，你姊曾經勸過你的那些話，那讓我想開了一些事，所以我很感謝她，你就幫我拿給她嘛。」絮光央求。

戴壹瞬擰眉接過提袋，神情若有所思。「妳認同我姊說的話？」

她看著他，認真點點頭。「所以我希望……你也能認同。」

到上車之前，戴壹瞬都沒有再說一句話。

公車行駛一段路程後，戴壹瞬向右座的絮光開口：「妳今天怎麼老是在唱歌？而且好像都是同一首。」

「咦？」直到被少年提醒，絮光才知道自己正在哼唱昨晚聽到入睡的〈一瞬之光〉，臉上微微一熱。

她今天真的一直都在唱？她完全沒有發現。

戴壹瞬問起歌名，絮光告訴了他，他默默拿出手機搜尋出那首歌，再接上自己的耳機，直接聽了起來。

將近五分鐘過去，他摘下耳機，目光落在絮光的臉上。

「還挺好聽的吧？這是我昨天偶然發現的歌。」她盡可能讓自己的聲音聽起來輕鬆自然，「歌名裡剛好有一瞬，你的名字也是壹瞬，聽起來好像在唱你的名字。」

「不也有妳的名字嗎？」他緩緩回，「其實我的名字本來是數字的『一』，但我爸比較喜歡大寫的『壹』，最後才決定取這個字。」

「原來是這樣呀。」絮光眨了眨眼。

戴壹瞬點點頭，靠著椅背，又露出一副若有所思的表情。

「一瞬之光，一瞬的光……」停頓了下後，他喃喃地說：「我的光。」

少年說出口的那三個字，不知為何突然讓絮光的心臟跳得有些用力。

「你說什麼？」

「沒有啊，這樣唸著唸著，感覺就像是這個意思了。」他聳聳肩，接著想到了什麼。「本來還覺得挺久，沒想到轉眼間就三月了，等十四號一過，我們應該也沒理由像這樣見面了吧？」

絮光當下被問得愣住，「好像……是這樣。」

「果然是吧？不過妳也不簡單，真的為我姊撐到現在。妳放心，我一定會讓妳順利見到她。」他伸手摁了下車鈴，「我就在這站下車了，有信時再聯絡。掰掰。」

然而絮光再沒收到少年說要給信的訊息。

白色情人節前一天，她聽到汪濂跟女友提出分手的消息。

而當日下午，有人在學校論壇裡爆料汪濂劈腿的醜聞，爆料者宣稱汪濂與女友交往期間，同時與別校兩名以上的女學生交往，更與多名女性有曖昧關係。爆料者提供多張 Line 的對話照片，裡頭全是汪濂與其他女性互傳曖昧內容，並將汪濂的大頭照公開，證明那就是他本人。

這則爆料在放學前就被撤下，卻還是難以挽回，汪濂在一天內變成全校女生的公敵，也開始有更多女生在論壇上揭發汪濂的其他惡行，眼看事情愈演愈烈，校方當日就出面關切，要大家停止散播惡意謠言。

三月十四日中午，絮光收到了少年的訊息，說晚上七點會讓她跟他姊姊見面，要她六點半時在校門口等他，他親自帶她去。

然而那天趙熙芸竟在放學時前來教室找她，請她陪她去一個地方，強調絕不會花她太多時間，於是絮光便不提晚點跟戴壹瞬有約的事，跟著她去到捷運站附近的一間咖啡館。

絮光本以為趙熙芸跟田莫嵐是為了汪濂的事而來質問她什麼，然而她隨著趙熙芸的腳步進到館內的一間包廂時，卻沒看見田莫嵐，只發現一位身著別校高中制服的清秀女生坐在裡面。

陌生女子一看到絮光，直接上前給她一個友好的擁抱，甜甜地對她笑著說：「絮光，謝謝妳送我的巧克力麵包，妳真的是個超級善良又體貼的好女孩。我早就決定今天見到妳，就要立刻給妳一個大擁抱！」

「絮光，我跟妳介紹，她叫戴玲玲。」

看著一頭霧水又不知所措的絮光，趙熙芸莞爾開口：「這段日子託妳把信拿給汪濂的人就是她，她是戴壹瞬的二姊。」

絮光震驚看著眼前這兩人，無法辨明這究竟是什麼情況？

三人坐下後，趙熙芸開始向絮光娓娓道來，她跟戴玲玲是半年前在補習班認識的朋友。

戴玲玲曾經跟她聊過戴壹瞬與他女友之間發生的事，戴壹瞬這個少年讓趙熙芸很快就想到了絮光，為兩人的遭遇感到心疼的她們，決定策劃一項計畫——讓絮光跟戴壹瞬相遇且認識，並讓害得絮光受盡委屈的汪濂受到應有的懲罰。

戴玲玲與大她一歲，在國外讀書的姊姊商量，對方同意助她們一臂之力。

趙熙芸將絮光每週六會去圖書館的事提供給好友後，戴玲玲便準備了一封不具名的情書、一張姊姊的照片及巧克力，對弟弟進行各種威脅利誘，逼他在情人節那天到圖書館將這些東西交給絜光。

汪濂看到戴玲玲大姊容貌美麗的照片果然上鉤，一確認汪濂收到信，戴玲玲當晚就會打公共電話與對方聊一小時的天，增加彼此感情，也會欲擒故縱，故意一兩次不打電話，讓對方覺得不習慣。

聽到這裡，絜光想起汪濂有天晚上突然傳簡訊給她，問戴壹瞬的姊姊是否還有拿信給她？想必就是上一次對方沒打過去，讓他因此心急了。

察覺汪濂似乎真的對自己動了心，戴玲玲故意暗示，只要他在白色情人節之前與女友分手，她就跟他見面，汪濂竟也真的這麼做了；而在這段期間蒐集到汪濂各種劈腿證據的趙熙芸，也於同日在學校論壇匿名爆料，並在幾小時之後刪除。

汪濂跟女友分手當晚，遲遲沒等到戴玲玲的電話，往後也不會等到。更慘的是，在畢業之前，他天天都會在學校被眾人唾棄譴責，為他過去的行為付出代價。

絜光簡直不敢相信自己的耳朵，得知那則爆料竟是趙熙芸貼出的，下巴更是差點掉下來。問她為什麼要這麼做？趙熙芸看她的眼神變得黯然且悲傷。

「妳真的以為我完全沒看出妳被汪濂傷得有多深?自從妳跟汪濂分手，不再使用助聽器，天天戴著一副耳機，漸漸疏離我和莫嵐，我就知道妳連我們都不信任了。但我不是不能理解，妳會連我都關上心房，主要是因為莫嵐，對不對?」

這一刻絮光無法否認，輕輕點了下頭。

趙熙芸嘆了口氣，「是我不好，我應該在察覺到時就告訴妳。雖然莫嵐沒告訴我，但我猜她對汪濂有好感，看到你們交往，她的心裡自然會不平衡，更對妳感到妒忌;我看得出汪濂對莫嵐沒興趣，莫嵐也只能藉著跟明瑀友好，與汪濂保持交集，這樣的她其實是可悲的。但現在汪濂不僅跟明瑀分手，還爆出這麼多難看的醜聞，她應該不會想讓自己惹上一身腥，至少絕不會再去關注戴壹瞬的姊姊。就算她有天問妳，妳就說對方早就沒再來找妳，隨便應付過去就好，不必正面回應她。」

絮光呆呆看著趙熙芸許久，待她消化完這些話，不禁提出了疑慮:「可是這樣好嗎?明瑀學姊不是熙芸姊的朋友?」

趙熙芸哂笑搖搖頭，「我怎麼可能把欺負我妹妹的人當朋友?妳跟汪濂交往時，明瑀私底下可是什麼難聽的話都說過了。現在看到她跟汪濂一起丟臉，我內心也舒坦。只有替妳出一口氣，我才有臉繼續面對妳，但對妳而言或許還是太晚了，對不起。」

絜光鼻頭發酸，連忙搖頭，趙熙芸的心意令她感動不已。

此時換戴玲玲對她開口：「雖然對絜光妳感到過意不去，但我是真的很慶幸自己決定跟熙芸做了這件事。因為自從讓我弟遇見妳，我就感覺他開始改變了，他有沒有跟妳說過他跟女朋友的事？」見絜光點頭，她臉上的笑變得更燦爛。「我就知道。他會告訴妳，就表示他開始在意妳了。跟一個月前相比，壹瞬真的變很多，尤其是最近這一星期，他居然開始唱歌。我弟這個悶騷小鬼平時最愛裝酷，很少在家人眼前這樣，可是這陣子他天天都在我面前唱著同一首歌，唱到連我都記住了。」

當戴玲玲現場哼起一段旋律，絜光的心跳驟然加快，她立刻聽出戴壹瞬天天在唱的那首歌，就是〈一瞬之光〉。

「就在幾天前，壹瞬跟他女友分手了，我本來擔心他會很難過，結果他沒有，反而變得比過去開朗，甚至願意再戴助聽器上學了。我相信這是妳的功勞，一定是絜光妳改變了壹瞬的心，謝謝妳！」戴玲玲緊緊握住絜光的雙手，聲音微微哽咽，似乎就要哭了。

當絮光不禁看向趙熙芸，趙熙芸隨即笑著對好友說：「玲玲，該讓絮光先走了，等一下妳弟弟不是要帶她來見妳嗎？」

「對，差點忘了！」戴玲玲猛然抬頭，向絮光眨了眨含淚的雙眼。「壹瞬跟妳說了吧？七點他會帶妳來找我，妳千萬不要把我們剛才在這裡的談話內容告訴他。我跟熙芸是為了向妳解釋真相，才會先帶妳來的。非讓妳送信給汪濂的理由，等一下我會隨便編一個，妳要幫我一起瞞著我弟，要是知道我是為了讓你們認識而這麼做，那小子會罵死我的。拜託妳了哦！」

當絮光跟戴熙芸一起離開了咖啡館，絮光忍不住拉住她的手。

「熙芸姊，謝謝妳。」

趙熙芸微微一愣，苦笑說：「我根本沒做什麼值得妳向我道謝的事。我明知汪濂對妳做過的事，卻為了幫玲玲，不惜逼妳再跟汪濂接觸，還害得妳再次為莫嵐傷透了心。我一直在做讓妳痛苦的事。」

絮光搖搖頭，「我不怪熙芸姊，我知道妳是為我好。而且，我很慶幸妳跟玲玲姊決定這麼做，因為我很高興能遇見戴壹瞬。所以……真的很謝謝妳為我做的一切。」

看到絮光紅著臉說出這句話，趙熙芸的眼神由驚訝轉為深深的喜悅與感動。

眼看就快六點半了，絮光加快返回學校的步伐。

少年打給她時，她以為他到了，結果發現對方還在前往她學校的公車上。

「剛才前面路口發生車禍，現在大塞車。」戴壹瞬的口氣滿是無奈，「不知道什麼時候才處理好，妳直接到捷運站等我吧，我姊現在就在那附近，我已經通知她會晚點到了。」

聞言，絮光立刻停下，掉頭開始往回走。「那你怎麼不一開始就約捷運站？」意外多出了些時間，這次絮光放緩腳步慢慢走。

「我只是想這樣會比較快跟妳見到面啊，誰知道會發生車禍？煩死了。」

少年嘖了一聲。

絮光發現自己的臉又變熱了。

「這陣子沒見，你在忙什麼？」她乾咳一聲，搖了搖頭，心想他那句話應該沒什麼特別的意思。

「準備社團活動發表的內容，所以最近都在學校待很晚，累得要死，一倒上床就睡了。而且我姊這幾天也沒寫信，我就沒找妳了……」語落，少年想起似的道：「對了，我跟我女友分手了。」

「咦？」此時她不是假裝驚訝，而是對戴壹瞬會主動對她說這件事，因此真的驚訝。她保持鎮定地問：「是、是嗎？什麼時候？對方提的嗎？」

「是我提的。快一個禮拜了吧。我本來打算等她自己提的啦，但上次有人看到我跟妳去圖書館借書，竟給我亂造謠，說我跟女友兩人各自劈腿，我一氣之下，當晚就跟她說了。」

「你聽到有人說你們各自劈腿，你就氣到跟對方提分手？」絮光傻眼，不太懂他這句話的邏輯。

「對啊，我不在乎被說閒話，但聽到妳被說閒話，我無法忍受。憑什麼妳要被這麼亂講啊？聽了超火大。如果我跟女友分手，那就沒什麼劈腿的疑慮了吧？以後我要跟誰在一起就跟誰在一起，想找妳見面就找妳見面，就算再被看到，他們也不會有話說！」

絮光不知不覺停下腳步。

她從書包裡拿出助聽器，緩緩戴在右耳上。

原本安靜了一邊的世界，此時重新有了聲音。

「搞什麼，我姊她是有病嗎？」少年又嘖了聲。

「怎麼了？」

「沒啦，就她傳訊息來，說今天是白色情人節。上次我有吃一個妳買給她的巧克力麵包，所以叫我今天一定要送個回禮給妳。要什麼回禮啊？」為什麼戴玲玲會忽然這麼告訴他？難道是趙熙芸跟她說了什麼？絮光想著想著又臉紅了。

「妳想要什麼回禮嗎？」

聽到少年直接這麼問她，絮光登時動也不動。

「想。你回答我一個問題，作為回禮好了。」

「好啊，這簡單。什麼問題？」

她深吸口氣，一字一頓問：「你有沒有想看著我說出口，卻又不想讓我真的聽見的話？」

戴壹瞬陷入沉默。

見他像是整個人從彼端消失了般，絮光不由得納悶。「這個問題有困難到需要讓你想這麼久嗎？」

「……是比想像中難。因為好像沒有，又好像有。」他如此回答。

「剛才你不是說這簡單嗎？」她打趣。

「吵死了，誰知道妳會問這個？不管有沒有，都先等見到面再說啦！」戴壹瞬彆扭說著，下一秒發出鬆口氣的嘆息。「哦，太好了，公車終於繼續開了。」

不管明天有何為難

只有愛是 一瞬之光

聽見少年開始低吟起〈一瞬之光〉的旋律，絮光的思緒久久無法從他的歌聲裡離開。

她眼角濕潤，露出微笑，輕輕回應了他：「嗯，等你見面。」

The End

後記

《遲到的巧克力》

之一

我們之間少的是一份恰巧，或是一份往前一步的勇氣？

故事裡的她和他，總以為彼此之間缺少了一點點幸運跟時機，又或者相信愛情必須有某種程度的命中注定，但最終我們還是明白了，或許只要往前邁進一步，用力伸出手，說不定就能掌握住那些以為只能等待的恰巧與幸運。

對我來說，當對某一個人有了喜歡的瞬間開始，一切的偶然便再也不是偶然，如同故事裡的她所說的，過往某一刻所做的行動，也許在往後的某個時間點起了關鍵性的作用。

那從來不是一種幸運，而是一個人的勇敢。

之二

這次能參與這本合集，起初我也認為是一種幸運，但完成故事後我多了一點額外的想法，倘若我多年前沒有投遞出稿件，再大的幸運也不會成為我的選項。

我時常覺得，人們口中的勇敢是很沉重的詞彙，彷彿必須壯大的完成什麼，又或者承擔起什麼，但經過長久的不安定的狀態之後，我似乎稍稍理解了一些，縱使只是對某個人揚起一抹淡淡的微笑，那有時候便已經是種勇敢。

Sophia

《二十戀》

你能單戀多久？

這是我第一次寫年齡差這麼多的戀愛故事。

假如有一天一個十歲的孩子跟你告白，你當然會覺得他（她）是開玩笑的而不放在心上，但是若他（她）長到了二十歲呢？

所謂的「時間」就是這麼一回事吧，把所有不可能都變成了可能。

很高興有這個機會能夠寫愛情合集，遙想初期寫小說時，要寫個五萬都覺得好難，如今反而是寫一個兩萬字的愛情故事比較難了。

這跟寫番外篇不一樣，要全新的故事並融入愛情，也算是一個小挑戰呢。

話說雖然故事背景發生在二〇二〇年，不過請大家與現實世界分開吧，畢竟角色可是坐飛機回台呢。

希望在二〇二一年大家都能夠身體健康，平平安安。

尾巴

《不留遺憾》

人生很短，不該留遺憾。

很多事大家都喜歡用情緒勒索，尤其是家人與朋友，越親密勒索得越嚴重，因為他們都不敢對外人勒索；但這個世界上，沒有什麼事是「應該的」，尤其是叫別人犧牲這種事。

不過這一切只是建立在「還有時間上」，如果人生只剩短暫時光，人們想的都是不留遺憾的離去，這時所作所為就會不同了。

畢竟誰能保證，今天活著的你，明天依舊能正常地度過一天呢？

所以把每一天當成最後一天生活，把握每一分時光，做不讓自己後悔或空留遺憾的事。

所以，快點去告白啦！

希望你們的情人節、白色情人節、七夕……不，應該是每一天，都是浪漫甜蜜的情人節唷！二〇二一大家都要平安唷！

笭菁

《一瞬之光》

大家好，我是晨羽。非常開心可以參與這次的合集。

思考白色情人節有什麼故事可寫時，我的姊姊正好跑去聽了A-Lin的演唱會，並分享一段現場演唱給我聽，結果讓我想起過去常聽的〈一瞬之光〉這首歌，梁絮光跟戴壹瞬這可愛的一對便誕生了。

希望這篇故事能帶給大家甜甜暖暖的心情，也祝大家情人節快樂。

晨羽

All about Love / 35

聽你說愛我

國家圖書館出版品預行編目資料
聽你說愛我／Sophia、尾巴、等菁、晨羽 著.
—初版.—臺北市.：春天出版國際, 2021.02
面；公分.—（All about Love ；35）
ISBN 978-957-741-324-6（平裝）
863.57　　　　110000277

ISBN 978-957-741-324-6
Printed in Taiwan

作　者　Sophia、尾巴、等菁、晨羽
總編輯　莊宜勳
企劃主編　鍾靈
責任編輯　黃郁潔

出版者　春天出版國際文化有限公司
地　址　台北市大安區忠孝東路四段303號4樓之1
電　話　02-7733-4070
傳　真　02-7733-4069
E－mail　frank.spring@msa.hinet.net
網　址　http://www.bookspring.com.tw
部落格　http://blog.pixnet.net/bookspring
郵政帳號　19705538
戶　名　春天出版國際文化有限公司
法律顧問　蕭顯忠律師事務所
出版日期　二〇二一年二月初版
定　價　320元

總經銷　槙德圖書事業有限公司
地　址　新北市新店區中興路二段196號8樓
電　話　02-8919-3186
傳　真　02-8914-5524

Just Say You'll Love Me

Just Say You'll Love Me

Just Say You'll Love Me

Just Say You'll Love Me